教師「ん」とカリン

越村清良
koshimura kiyora

深夜叢書社

教師「ん」とカリン

山と平野の、ちょうど境い目にある北陸のこの町は、古い町ながら、いまはパラグライダーの聖地でもあって、良く晴れた日には、山並みの上に広がる大空に、目を奪われるのである。そこには色とりどりのパラグライダーが舞い出ていて、雲と遊ぶものは高く、風とたわむれるものは速く、空の散歩を楽しんでいるのだった。ここでは、「日本海に向かって翔べ！」がライダーたちの合言葉であり、パラグライダースクールのある、町の高台に暮らすあたしたちも、この言葉が好きだった。高台からは日本海の水平線がかなり高いところに見えた。毎朝の通学であたしたちは、日本海の群青《ぐんじょう》と日本海の上の空の真青《まさお》と、それら二つの青に向かって、長い下り坂を駆けて行くのだったが、ときどきは、晴れがきわまっているにもかかわらず、あたしの眼球のなかの水平線はけむっていて、それはまず間違いなく、あたしのなみだのせいなのだった。

あたしたちの家は平屋で、一部が保育園として使われた時代もあったから、敷地の広さと、陽当たりだけは十分だった。間取りは、漢字の「蠅」の、旁《つくり》にぴったりで、これを発見してみんなに教えたあたしは、一日にして漢字通となったのである。下は、日本海のある北だ。上は、名山と呼ばれる高峰のある南で、北と南を、長い廊下がつらぬいているのである。広々した玄関は北にあって、廊下に立つと、左（東）に八室あり、ここに八家庭が住んでいた。右（西）には、食堂や調理場、風呂、トイレといった、みんなで共同で使う施設が並んでいた。廊下の突き当たりをふさいでいるのは、南面した横広の二十八畳で、自習室という名の、子供たちのたまり場だった。子供たちは学校から帰るとまず、ランドセルなりカバンを自室である部屋に放り込み、食堂に顔を出しておやつを食べ、それから自習室に行くのだった。

あたしが、あたしたちの家と呼んでいるのは、以前は母子寮といった、いまの母子生活支援施設である。中学二年生になるあたしは、一九九八年という年にはまだ生まれていないが、この年に名称が変更されたそうだ。

母とあたしが、債鬼に追われ、保護されるかたちでこの家にやって来たのは、あたしが小学三年生になる年の春休みである。県都にたどり着き、そこからまた山間部に向かって二両編成の電車に乗るのだったが、この最後の移動だけは、逃げるというより、連れ去られるといった方が正しい、前途に不安しか待ち受けていない、長い長い四十分間だった。対面する、ちんちん電車の車中のような席に並んで座った母とあたしは、手をつなぎ、肩を寄せ合い、ほかに二、三人しか乗客がいないことを幸いに、ただ凝然と前を見詰めているしかなかった。駅に降り立つと、名山に向かって右側（西）からも山が迫って来ていることに気が付いた。このときはじめてあたしは空を見上げたが、山間地に入って狭められた空は、午後四時を少し過ぎたばかりだというのに、もう暮色を浮かべていた。風の冷たさに驚いて周囲を見渡すと、遠い山々にはまだべったりと春の雪が残っていた。

母は支援者に書いてもらった簡単な地図を手にしていた。

「駅から歩いて三十分だって。あと三十分で着くのよ。」

と、あたしに言い、はじめて笑った。あたしたちが大海に漂っていたヤシの実だとすれば、どこの浜辺か、ともかく打ち上げられたのである。

「目指すところは、東の高台にあるのよ。見える？　カリン。」

と母が聞いた。あたしの名前は唐仁原《とうじんばら》カリンで、ほんとうは漢字の榠樝なのだが、「榠樝」と書いているうちに十何秒かが過ぎ、思っていることのなかでも大事なことが逃げて行ってしまいそうなので、カタカナにしているのである。カリンの実にそっくりなのがマルメロ。こちらは「榲桲」と書く。こちらも書いているうちに大事なことを忘れてしまいそうな字だ。

あたしは山並みに目を凝らした。が、町の上にそれらしき建物は見えなかった。

「ないね。暗い森ばっかりだ。」

「そうね……。いずれにしろ、急いで行きましょう。」

あたしたちはここに来るまでの二か月ほどの間に、三か所ほど住むところを変わったが、そのたび、あたしの方が母よりしっかりするようになっていた。

駅は町の入り口にあり、町中に入らずに高台へと向かうらしかったから、車は通っていても、人通りはなかった。十五分ほど歩き、高台に通じる坂の下に出た。広い、バイパス風な道だった。

「あと十五分よ。」

母は言ったが、これから登る長い坂を見て、あたしたちは息をのんだ。車道は除雪されていたが、除雪の雪が歩道に積み上げられ、以前からの雪も加わって、三十センチほどもの深さの雪に覆われていたのである。車道には雪はなかったが、溢れ出た雪解け水が勢い良く奔《はし》っていた。長靴の用意などないあたしたちは、雪道に足をとられ、雪解け水に靴を濡らしながら、暮れの迫る坂を歩かされることになった。コートを通して寒さが突き刺さるようだった。

「カリン。北陸はまだ冬だったのよ。」

途中で何度も母はこう繰り返した。これまで母は、あたしと自分自身を何とか励まして来たのだったが、突然現われた、思いも寄らない「冬」に最後の力を奪われ、気が抜けたようになってしまったのである。あたしの肩に手を置き、落胆してため息さえついた。おそらく母には、こころに描くものがなくなってしまったのだ。あたしがそばにいることも、これからはじまるであろう新しい生活のことも、それから、過去の楽しかったことや苦しかったことも、すべてに興味を失ったに違いなかった。坂を登りきるまでにどれほどの時間が経ったのだろうか。あたりはもう闇に包まれていた。このとき、高台に向かう車が停車し、声をかけてくれなかったなら（坂を登る間、何台もの車が通り過ぎて行ったのである）、あたしたちは、町の灯を足元に見ながら、大袈裟ではなく、行き倒れていただろう。

高台には山を切り開いて住宅団地が誕生しているらしかった。車は暗い住宅街をあっという間に通り抜け、森をかすめて再び民家が現われたところで停まった。あんなに難渋したことがウソのようだった。

あたしたちを車に乗せてくれた親切な若者が、降りる間際に、

「おかあさんとお嬢ちゃんかな？　きっとはじめてだね。でも……、あしたが晴れれば、驚きますよ。山の美しさもさることながら、ここじゃ、町のすぐ横を、大河が蛇行してい

るんだから。」

と明るく言った。

雪かき用のスコップや長靴が乱雑に並ぶ生活支援施設の玄関で待っていると、四十歳に近い、母とおなじくらいの年齢の女性が出て来て、午後五時を過ぎたので管理人はもう帰り、後は自分たちにまかされていると言った後で、

「お疲れだったでしょう？　寒かったでしょう？　でも、もう大丈夫。安心してね。あたしも経験あるから。あなたたちの部屋は決まっていて、いつでも休めます。もうじき夕食で、それが終わったら、——きょうはいい日に来たわね。お風呂がわいてる日だったのよ。さあ、案内しましょう。」

と言ってくれた。この女性は、あたしが最初に仲良くなり、いまも親友でいる望月敦子の母親で、あたしはこのときに彼女が言った、「もう大丈夫。安心してね。」を思い出すと、胸が詰まる。

「お世話になります。」

母はこう言うと、しばらくうつむいていた。

「助かりました。」

と小声で言ったときには、なみだぐんでいた。あたしたちは救われたのである。

あたしたちに用意された部屋は、奥から一つ手前で、ドアを開けて入ると、そこは押入れ付きの十畳で、ガラス戸側の二畳は板敷きになっていて、小さなテーブルセットまであった。畳や壁などは日に焼けていたが、きれいに使われていた。

洗濯されたお古の洋服が大から小までサイズを違えて準備されていた。突然の入所者への備えでもあったが、あたしたちはこれに着替え、食堂に行った。大勢の大人や子供が出たり入ったりしながら食事をした。あたしたちは——名前は？　とか、いくつ？　とか、好き嫌いは？　とか、あす遊べる？　とか、いろいろな方向から飛んで来る問いにこたえなければならなかったが、それらはあくまでもあたりさわりのないことであって、大人から子供までみんなが、その辺のことは良くわきまえていた。みんなの気遣いによって、母とあたしは久しぶりにぐっすりと休むことが出来た。

新学期がはじまる頃には、あたしはみんなのあいだに溶け込んでいた。が、母は違っていて、最初こそあたしと一緒に近くの森に行ったり、田んぼの畔でツクシを採ったりしたが、一週間も経たないうちに寝込むようになっていた。借金取りの取り立ての電話が耳から離れないのだった。これはそばにいたあたしも受話器から洩れる声を聴いて知っているが、それはそれは酷《ひど》いもので、こちらから電話を切ることは許されず、脅したりすかしたり、こちらが女だとわかっているから、ときには卑猥なことまで言って、母の神経を傷つけるのだった。

しかし、本来なら、父がいれば母もここまで追い詰められることはなかったのである。その父は行方不明になっていた。父と母は、ともにマサチューセッツ工科大に留学中に知り合い、結婚した。帰国した父は、パチンコ業界全体の出玉管理のソフト開発に成功して起業し、会社は順調だったのである。ところが、共同経営者が新しい事業をおこした際に、父は押してはならない判を押した。この会社は巨額の借財を出して倒産し、共同経営者も自殺し、結果として父は起業した会社まで失ってしまったのである。人のいい父は、人を信じて失敗した。これだけならあたしも、しぶしぶながら認めるが、父は身勝手にも、母とあたしを置いて、自分だけ身を隠したのだった。かわって、起業した会社の名義上の共同経営者だった母が、借金取りに追われることになった。それまで住んでいた東京荻窪の美しい家も、それから、父方と母方の祖父母やいとこたちとの縁も、なにもかもをあたしたちは失い、まったく無縁のこの地に流れて来たのである。

母はしかし、父を憎んではいなかった。おそらく、このこころが幸いしたのだろう。支援施設で暮らすようになって半年ほど経った頃から、気鬱も晴れるようになった。

あたしはこの原稿を、「あたし」で書いているが、あたしが東京にいて、あたしの暮らし向きが変わっていなかったなら、あたしは、「あたし」ではなく、「わたし」を使っていただろう。この家では、女の子は保育園に入ってしゃべり出す頃から、自分のことを、「あたし」と呼んでいた。あたしは東京にいたときは家でも学校でも、「わたし」であり、たぶんほとんどの子が、「わたし」なのではないだろうか。だから、来た一日目からして、女の子みんなが、「あたし」と言うたび、あれっという軽い驚きを持って聞いたのである。が、あたしが、「わたし」から「あたし」に変わるまでに、ほとんど時間はかからなかった。なぜなら、翌日からあたしが、みんなと遊びはじめたからである。

あたしと同い年の敦子が真っ先にやって来た。

「カリンって呼んでいい?」

と聞き、あたしがうなずくと、

「学校がはじまったら、一緒に行こう。あたしたち、ずっと友達でいようね。」

と言った。あたしがすぐにこたえずにいると、

「ここでは、小学生も中学生も、みんな連れ立って学校に行く。学校が隣り合って建っていることもあるけど、遠いし、あぶないからね。駆け出すと止まらない坂や急な石段があって、三十分もかかるんだよ。帰りも、そんなわけで、だれかと一緒に帰る。だから、おなじ学年のあたしたちは、帰りも一緒がいいの。それには、けんかしないで仲が良くないとね。わかる?　カリン。」

と言った。あたしは、

「わたしもいいよ。あっちゃんには、来週から学校がはじまると、いろんなことを教えてもらわないといけないな。」

と、こたえた。

「じゃ、約束しよう。あたしたち、仲間のなかでも親友だよ。」

「うん。わたし……」

あたしはここで少し口ごもったが、

「あたしも約束する。あたしたちは親友だ。」

と、つづけたのである。

敦子はこのあと、山並みから流れ出る小川のそばの、真っ平らな岩があってくつろげる、敦子しか知らない秘密の場所を、あたしに教えてくれた。

「あたし」は「わたし」のくだけた言い方で、小五くらいからあたしは、「あちし」まで使うようになるのだが、「あたし」も「あちし」も、地雷みたいな言葉だと思う。それはなぜかと言えば、どちらにも、媚《こび》やへつらいが含まれているからだ。「あたし」には「あんた」、「あちし」には「あいつ」が、多くの場合、セットになっている。「あちし」で例を上げれば、あたしは中一のとき、次のように言っている。

――「ふざけたこと言うと、血を見るよ。あちしの後ろに、捨《すて》がいることは、おまえも知っているだろう。捨は中学三年で、バスケットボールの選手だから、けんかも強いよ。なんなら、呼んで来てやるよ。」

母は、「あたし」が含んでいるもろもろの危険を見抜いていて、あたしが、「あたし」を母の前ではじめて使ったときには、――子であるあたしに、あたしがびっくりするほど、猛然と飛びかかって来た。そして、「あたし」を使うあたしを、全否定した。

母は寝込んでいても、気分のいいときと悪いときがあり、あたしは学校から帰ると真っ先に、母の顔色を見るようにしていた。その日は、春の遅いこの高台にも春と夏が一度にやって来たような陽気だった。部屋のドアを開けると、布団は上げられていて、母は久しぶりに立ってガラス戸の外を眺めていた。

「おかあさん！　いい天気だね。こんなに山がきれいに見えるなんて、知らなかった。わたしと一緒に散歩に行こうよ。小川のそばの、あっちゃんの秘密の場所なんか、クレソンが採れたりするんだよ。」

と、あたしは声をかけた。母は振り返り、

「やっと春が来た。ここでの冬の、なんと長かったこと。部屋に籠り、頭からすっぽり布団をかぶって、ヤドカリみたいに生きて来たから、こうして立っていると、足元がふらふらする。気分はずいぶん良くなったけど、外の光がまぶし過ぎて、もう二、三日は部屋から出ない方がいいみたいだ。それにしても春はいいね。カリン。」

と、こたえた。

「おかあさんがヤドカリだなんて、あたしは思ったことないな。おかあさんとあたしが散歩するところをみんなが見たら、みんな驚くだろうな。」

あたしはここで気付いて言葉を切った。母の顔を見ると、少しは明るさを取り戻した母の顔から、血の気が失せていた。

「いまあなた、なんて言ったの?」

「……」

「なによ、それ。もう一度、言ってちょうだい。」

「……」

「どういうつもりなの?」

あたしには、母が言った、「どういうつもり」の意味がわからなかった。

「黙っているの?　あなたいま、『あたし』って、言ったでしょ。」

「言ったけど。——」

「冗談じゃないわ。子供が、『あたし』だなんて。悪い言葉よ。……第一わたしは、これまで、『あたし』なんて、生まれて一度も、使ったことがない。よしてよ、カリン。」

「おかあさん。わたしには、いまはもう友達も出来ていて、この家の子供たちみんなが、『あたし』を使っているんだもの。」

と、あたしは言い訳した。

「あなたは『あたし』が、どんなに荒《すさ》んだ言葉だか、知ってて？　『あたし』とか『あたい』とか、そんな言葉を口にする女性が目に見えるようだ。」

母は言うと、両手で顔を覆い、うずくまった。あたしがそばに行って鎮めようとすると、あたしの手を振り払った。

「ああもう。あいつら、わたしたちが弱いと思って、子供まで堕落させる気なんだ。こんな田舎まで追いかけて来て、わたしの子供をダメにする気なんだ。」

と言った。

あたしは、「わたし」が「あたし」になったように、このわずか半月ほどの間に、かなりのことを変えさせられていたのである。支援施設で暮らしていることが、なによりの証拠だった。あたしも、変わりたくなどなかったのだ。あたしは母の背中に抱き付いて泣いた。

しばらく泣いて、そのうちあたしは、母の背中に耳をあてていることに気付いた。母はこころのなかでつぶやいていた。それらが肉体を通してあたしに響いて来た。

——悲しいか。悲しくないか。悲しいさ。

——泣きたいか。泣きたくないか。泣きたいさ。

——生きたいか。生きたくないか。死にたいさ。

ゴールデンウイークも過ぎて、新しい学校と新しいクラスの仲間に慣れた頃、あたしは、今度は「あたし」で恥をかくことになった。敦子によれば、この家のみんなは使い分けをしていて、学校では「わたし」を使っているのだった。あたしもそれにならい、学校と母の前では、「わたし」にしていた。

転校したクラスには三十名以上の子供たちがいて、それが三年生だけで四クラスもあったのは、十年ほど前に市町村合併がおこなわれ、山間の五つの小学校が統合されたからである。校舎は大河沿いの河岸段丘の上に新しく建てられ、隣接する中学校とともに、一大テーマパークが出現したかのようだった。小学校の校庭は広々し、それもあってか飼っている小動物も多かった。あたしのクラスでは、一人が一つ以上三つまでの係りを持つことが決められていて、一学期の係り決めの日、あたしは、セキセイインコとウサギとハムスターの係りに選ばれた。あたしはほんとうは、給食係りをしたかったのである。しかし、

——三つもやっているからなあ。

と思ってあきらめていた。ところが、動物係りは全部で一つだというのである。あたしは積極的に手を上げ、給食係りにも選ばれた。給食係りは何人もいて、あたしが二人一組で最初に当番をするのが、ゴールデンウイーク過ぎだったのである。だれにも言わなかったが、うれしくて仕方がなかった。この係りがいいのは、うまくやれば、すぐに人気者になれることだった。東京の小学校での二年間のあたしの経験によれば、トレイを持って並ぶみんなの給食の盛りを、それぞれの要求を入れつつ平等にするのはかなり難しく、だからこそこれがうまくやれれば、「やるじゃない。」と言うことになるのだった。人気メニューのカレーや焼きそばのときにこれが出来れば効果はてきめんで、そのこつもあたしにはわかっていた。それがたとえば焼きそばなら、「焼きそばはみんなが好きなんだよね。でも、あなたのは次のときに必ず多くするからさ。今回は我慢して。ごめん。」という具合に、声をかけるのである。これだと、間違いなく相手は納得するし、しかも次のときにあたしが盛りを多くする約束をきちんと守れば、あたしを見る目が違って来るのである。あたしはなぜか、——理数系の両親を持ったせいかも知れない——こういう計算がすぐに出来るのだった。

月曜日の給食時間になって、あたしともう一人の給食係りである奥君《おく》は、黒板の前に立った。奥君はあたしが転校生なので、給食のあいさつを譲ってくれたのである。あいさつは、配膳準備が整い、みんなが着席して、後は盛りをするだけの段階でおこなわれるので、注目の的になるのだった。給食マスクをあごまで下げたあたしの顔は、たぶん、緊張で紅潮していたはずだ。女性の先生で担任の生水《しょうず》先生が、斜め後ろの机からあたしを見ていることも、あたしにはわかっていた。あたしは大きな声を張り上げて言った。

「今週の給食係りは、奥君と、あたしです。どうぞよろしく。きょうはみんなが大好きなカレーと、くだものはパパイアです。」

これまでの何週かの様子では、このあと、何人かが飛び出して来て給食係りの前に競って並ぶのである。この日はカレーで、それは絶対そうなるはずだった。が、このときはだれも飛び出さず、クラスは静まり返ったままだった。あたしは、なにがなんだか訳がわからなくなった。そんなときだれかが、小声で、

「『あたし』だって。」

と言ったのである。それにつづけて別の子が、

「だから、言ったんだよ。」

と言った。あたしが施設の子であることは、新学期がはじまって二、三日したときにはクラスの全員が知っていた。母は、「いろんな苦労をしますよ。」と言って、あたしを新しい小学校に送り出してくれたし、あたしも幼いながらに施設の子であることを理解して、

通学していたのである。いつもはふつうに受け入れてくれ、一緒に隔てなく遊んでいながら、こういうかたちで、――要するに、ミスをしたときに施設の子が持ち出されるとは、あたしは思ってもみなかったのだ。

やがて教室がざわつきはじめたとき、奥君が、

「なんだ、なんだ。カレーだぞ、おまえら。並べ並べ。」

と叫び、いつもの給食時間に戻ったのだった。

授業が終わり、帰ろうとして靴脱ぎ場に出たところで、

「間に合ってよかった！　唐仁原さん。先生が呼んでるよ。」と呼びとめられた。この子は、係りのなかでも呼び出し係りで、あたしはこの子の後に付いて職員室に行った。

担任の生水先生の生水は、北陸にある名字で、山岳からの伏流水が、主に海に近いところで泉となってすがたを現わし、そこに人が集まり、生水と呼ばれて大切にされたのである。また、奥君の奥は、北陸に住んでみると、どこからも燦《さん》としたすがたの名山が見える、いかにも北陸らしい良い名字だと思う。古代の人たちは、大河をさかのぼりながら、山の奥へ奥へと分け入り、――奥君の奥はたぶんこの奥で、奥山とか奥村とか奥田とかはその場をあらわしているが、奥一字というのには、山に入って暮らす者のこころざしみたいなものが籠っているようで、あたしは好きだ。

小学校は、周囲の山々から伐り出された木材だけを使った木造校舎で、校庭に一部張り出すかたちで建築された円《まる》屋根の職員室は、天井が高く、外光にあふれ、入って見上げると、フラスコの底にいるような感じがした。生水先生は母より年齢が少し上で、ロングスカートが良く似合う、明るいタイプの担任だった。あたしが机に座っている先生のそばに行くと、あたしの顔を見上げ、隣りの席があいていたので、そこに座るように言った。あたしが座ると、あたしの手を取り、それを両手で包んでくれた。すぐにはしゃべらず、あたしの顔を見て、それからおもむろに話し出した。

「唐仁原さんのこと、先生は知っていますよ。この前、あなたが学校に来ているときに、先生はあなたがいる支援施設に行って、あなたのおかあさんとお話をしたの。食堂に出て来ていただいたのだけれども、とても疲れているご様子でした。」

あたしは、生水先生が来たことを母から知らされていなかったので、なにが話されるか、どきどきしながら聞いた。

「でも、いろいろ話しているうちに、気分が良くなったらしいのね。先生とあなたのおかあさんは年齢もそう違わないし、お互いにむかしからのお友達のような気持ちになってしまいました。おとうさまとのアメリカでの出会いもあって、すごい人ですね。あなたのおかあさんは、あなたのことを一番心配していました。とくにここに移って来て、東京とまったく違う環境になって、いまがいいのか悪いのか、そのことに迷う、とおっしゃっていました。先生は、大丈夫と太鼓判を押しておきましたが、そのことを思うとつらい、とも話していました。」

あたしは、母があたしのことでこんなに悩んでいるとは思っていなかった。あたしは母から常に見られていたが、あたしは小さいながらに、あたしはあたしでやれる、あたしがちゃんとやることが母をなぐさめることにもつながる、と思っていたのである。

「先生には、あなたのこれまでのがんばりが良くわかりました。おかあさんの分までがんばろうと、あなたが張り切っているのが、先生には良くわかります。きょうのことでもそうです。」

生水先生はこう言うと、包んでいた手を離し、机の上にあったハンカチを取って、あたしの左目の目尻にあててくれた。あたしは知らないうちになみだをためていた。

「給食の時間では大騒ぎしましたね。みんなはあなたのことを知っていて、あなたにがんばってほしいと思っていたの。そこを間違えないでね。」

生水先生はここから先を、笑みを浮かべながらつづけた。

「東京でもここでも、『あたし』は、まだ早いと先生は思う。もちろん、それぞれの家にはそれぞれの事情があって、お店の子は小さいときから、『あたし』かも知れない。それも悪くないのよ。でも、小学校ではやめておきましょうね。」

　職員室の、大河のある西側は、一面全部が二段のガラス窓で埋めつくされていて、春の日差しを受けた対岸の山並みが、屏風をめぐらせたように見えるのだったが、あたしはそこに、春風が渡るのを感じた。

「先生は、あなたのがんばるすがたに、感動すらおぼえているのです。それをいまは、言いたかったの。唐仁原さんは、きょうのことくらいでへこたれないわよね。苦労した分、これからはしあわせになりましょうね。」

　と言った。

§

　支援施設には、乳児から中学生まで子供は十人ほどいた。二人の子供を持つ家庭があったからである。子供たちの集まる自習室には決まりがあって、勉強も遊びも、年長の中学生がみんなの面倒を見るのだった。室内は広く、カーペットが敷かれた上には四つの長机が置かれ、壁にくっつけて勉強机と本棚二つがあり、本棚はマンガで埋まっていた。

　ここに待望のパソコンが入ったのは、あたしが小学五年生のときで、それまでは一台しかなく、それも管理人室にあったために母親たち大人が使っていたのである。自習室に子供専用として入れられたデスクトップ型パソコンは町の児童福祉課のお下がりだったが、あたしたちの喜びは大きかった。このパソコンで、異能を発揮することになったのが小学二年生の健太郎である。健太郎は、支援施設に出入りの電気店の若者の手ほどきで、一か月ばかりの間にパソコンの操作を完全にマスターし、後は自分でパソコンをいじりながら、コンピューターのシステムそのものを理解するまでになったのだった。その空恐ろしさは具体的に証明されていて、健太郎はなんと、このパソコン内にあった、完全消去されたはずの町民データの完全復元！　にも成功したのだった。あたしたちに、児童の家の町民税の滞納や水道料の未払いなどがわかったところでなんの役にも立たなかったが、とにかく一人の人間の才能が、このお下がりのパソコンによって開花したのである。

みんなが競ってパソコンをはじめた頃、健太郎より一つ年上の才《さい》が、勉強机に置かれたパソコンとプリンターを前に、みんなを見渡して、

「おれ、フォルダーに名前を付けようと思ってんだ。なんにしようかな。いい名前があったら、それにしてもいいよ。」

と言った。才は幼児のときに義父の暴力を受けていて、それがあまりに特殊だったために、口がうまく、あたしと敦子が陰で口先男とあだ名するほど、ああ言えばこう言う、な

のだった。加えて、あたしは困ったことだと思うが、才の顔つきというのが、子役にしてもいいくらいに整っているのだった。才はすでにこのことを十分知っていて、このときの思わせぶりな話し方も、この顔に似合っていた。

「ねえちゃんが付けてもいいのか？　才。」

あたしは言った。

「ああ、いいよ。だけど、圧倒的にいいのじゃないと、ダメだぜ。カリンねえちゃんのフォルダー名は、『カリンの怒髪《どはつ》』だろ。こんな程度じゃ、おれ、イヤだな。」

「ほんとにおまえは、生意気だよ。まだ小三で。」

「ねえちゃんは、小三でここに来たんじゃないか。あっちゃんの話だと、その頃もう、突っ張っていたって、言うぞ。」

「そりゃあ、そうしないといけないときも、あるんだよ。」

「いい加減だな。」

たしかに才が言う通りで、あたしは母を含めたいろんなものを守るために、クラスでもここでも、突っ張るというより、尖《とん》がって来たのだ。あたしのことを不良と言う者までいた。

才はあたしを凹ませて得意になっていた。

「才。ねえちゃんいま思い付いた。」

「言ってみな。」

「さいさい、でどうだ。それも、さいは、才のさいではなく、騒々《そうぞう》しいの騒《そう》。この字は、潮騒の騒《さい》でもあって、だから、才のフォルダー名は『騒騒《さいさい》』。いつも騒《さわ》がしい才にはぴったりだろう。」


と言い放ってやった。潮騒は、三島由紀夫の『潮騒』をちょうど読んでいて、それで瞬間的に出たのである。あたしはと言うべきかあたしもと言うべきか、あたしは小五の頃からとにかく本が大好きだった。生水先生などは、「唐仁原さんは活字中毒だ。」と言って笑うほどで、町の図書館にある文学全集を片っ端から読んでいる最中でもあった。三島由紀夫が出たついでに言えば、『仮面の告白』の書き出しの、「永いあひだ、私は自分が生れたときの光景を見たことがあると言ひ張つてゐた。」に痺れ、あたしにもそんなことはないかと、母に出産のときの模様を根掘り葉掘り聞いていたくらいなのである。残念ながら、あたしに三歳くらいまでの記憶はなに一つなく、やはりあたしは三島由紀夫ではなかったが……。


才は、よっぽどくやしかったのだろう、ぶんむくれて顔を真っ赤にした。

「まいったか。」

「まいった。」

あたしは才の頭をなでてやりたいくらいだった。あたしたちこの家の仲間は、だれが味方で、だれがほんとうの敵か、それだけはわかっているのである。あたしたちは小学校の四年生くらいまでは、男の子も女の子もみんな一緒にお風呂に入る。だから文字通り裸の付き合いなのである。翌日、デスクトップ画面にぶら下がった才のフォルダーを見て驚いた。フォルダー名が、「騒騒軒、出前一丁!」だったからである。

――やられたなあ。

と、あたしは思った。

パソコンを立ち上げると、デスクトップ画面の半分以上は、あたしたちの個人用フォルダーで埋まっている。才との一件があって以来、みんなはフォルダー名に凝っていた。あたしは前とおなじだが、フォルダーは二つで、文章系が「カリンの怒髪」。もう一つは、あたしの日記的感想で、こちらは名字の唐仁原をとって、「とうじん日和《びより》」。パソコン嫌いの敦子もフォルダーだけはぶら下げていて、「あっちゃんは、ね」であり、健太郎は、「健!　です」などなどだ。

こうやってみんなでパソコンは使われることになったのだったが、思わぬ落とし穴というか伏兵というか、困ったことが起こったのである。それは、盗み見だった。とにかく共用のパソコンなので、ワン・クリックでだれのフォルダーでも開けるのである。最初は気軽に他人のフォルダーを開き、つまみ食いみたいにして読むのだったが、そのうち面白い内容のものがわかって来ると、そのフォルダーばかりを読むようになる。一番被害を受けたのは、あたしだった。とくに、「とうじん日和」は、日々あったことが多少面白くして書かれていたので、大いに読まれた。読まれて絶対イヤかと言われればウソになるが、本音やこころの叫びが書けなくなったという点では、大きなマイナスだった。何回か、

――「盗み見はダメ！　まず声をかけよう。カリンねえちゃんより」

と、キーボードの端に貼り紙したが、効果はなかった。なぜ読まれているのがわかるのかと言えば、書かれた翌日のみんなの忍び笑いや目くばせで、それとわかるのである。

たとえば、「とうじん日和」の「どうすんだよ！」というタイトルのときは、場所はお風呂で、小学一年生の広子が、湯船の外の洗い場で、桶におしっこをしたのだ。湯船につかっていたあたしや敦子ら四人が、どうするのだろうと思って見ていると、広子はそのおしっこの入った桶を持ち上げ、よたよたやって来て、湯船にじゃー。あたしたち四人は、「どうすんだよ！」と絶叫したが、後の祭り、という話なのだった。

あたしと敦子が中学一年生になったときは、上に中学生がいなかったため、あたしたちが最年長になった。自習室の決まりによって、あたしたちがやりたいようにやれることに

なった。あたしはみんなを前にして高らかに宣言した。

「みんな、よーく聞いてね。共用パソコンにも、個人の秘密はあるんだよ。だから、他人のフォルダーは、勝手に見ないこと。見るときは、その人に聞いてからにしてね。これは約束だよ。この約束が守られないと、ほんとのことが書けなくなる。いい？　勝手に見たら、盗み見だからね。これは悪いことだよ。わかった？」

みんなはうなずいた。あたしはさらにつづけた。

「カリンねえちゃんの場合だと、『とうじん日和』は、見ないでね。これはあたしの、秘密の日記だからね。これまでは見ても見ないふりをして来たけど、これからはダメ。フォルダーを開いている現場を見付けたら、約束違反で捕まえる。」

「捕まえられて、どうなるの？」

パソコンのメカ担当でもある健太郎が聞いた。健太郎は四年生になっていて、みんなにメカの神様と持ち上げられ、「おれは飛び級のある学校に行って、将来はコンピューターの会社を立ち上げる。」などという夢を持つまでになっていた。

「盗み見だもの。罪は重いね。」

「だから、どうするの？」

「チンポ切るよ。ほんとに、チンポちょん切る。」

「おれはメカ担《たん》だから、別だよね。」

健太郎はこだわった。

「これは、プライバシーの侵害の問題だから、例外はないの。残念でした。」

こうして盗み見は禁止されることになった。あたしはこれまで、絶対に他人に見られたくないものは、手書きにして、部屋の勉強机のカギのかかる箱に入れて保管していた。母の気鬱の様子や、あたしにはじめて生理があった日の感想や、学校での不愉快な出来事などである。これからは、絶対安心ということはないにしても、かなりのことが書けるようになると、あたしは思った。と同時に、こんな心配をせずにすむ、個人用！　パソコンが欲しいと、こころから願った。

ところが、健太郎と才は、翌日に更新された「とうじん日和」を読んだのである。タイトルは「一件落着」。

中学校ではこの日は春の身体検査の日で、午後の授業はなく、あたしと敦子はいつもより二時間ほど早く、支援施設に戻ったのだった。おやつはまだ用意されていなかったが、あたしが敦子より早く自習室に行くと、二人がパソコン画面をのぞき込んでいるのが見えた。

ぴんと来たあたしは、刑事が犯人の隠れ家に踏み込むような速さで数歩を駆け、二人の後ろに立って、言った。

「なにやってんだよ、おまえら。」

画面は案の定、「とうじん日和」の「一件落着」だった。あたしはタイトルの横にデジカメで撮った季節の花の写真を貼り付けることにしていて、それが山並みをバックにした花見風景だったから、一発でわかったのである。

「見てたね。」

「……」

「二人とも、なんとか言えよ。」

あたしはあごをしゃくって、ガラス戸の方へ行くよう指示した。

健太郎はもう泣きそうだったが、あたしより背が高くなっている才の方はと言えば、ふてくされ、そっぽを向いて、あたしの顔を見ようともしなかった。

「そこに座れ。」

あたしが言うと、才はしぶしぶ座ったが、健太郎は立ったまま泣きはじめた。

——健太郎も、バカなヤツだよ。泣くんだったら、見なければ良かったんだよ。

とあたしは思い、許す気になっていたが、ウソをつき通そうとする、口先男で子役顔の才は別だった。

「健太郎、泣くのはやめろ。懲りたろうから、許してやるよ。」

とあたしは言ってから、才に向かって言った。

「約束は覚えているよな。……それとも、あやまるか。」

「なんでおれが、あやまらなくちゃ、ならないんだよ。」

立っているあたしを見上げながら、才が言った。

「それって、どういうことなんだよ。みんなできのう、約束したろうが……。」

「約束はしたけど、公平でない約束は、破っていいんだ。」

才は、大人のように腕組みをして言った。

「才の言っている意味がわかんないけど、とにかく健太郎、食堂に行って、ハサミ持って来て。才のあそこ、ちょん切ってやるんだ。……早く行けよ、健太郎。おまえ、どっちの味方なんだよ。」

あたしの剣幕に、健太郎は自習室を飛び出して行った。

「さてと。……破っていい約束って、どういうつもりで言ってんだよ。あちし、ほんとに怒るよ。おまえぐらい、投げ飛ばすからね。あちしの蹴り、怖いよ。」

あたしは、小五くらいから、「あちし」も使っていて、この頃から、施設の子であることを少しも恥じず、俄然、すべての方面で、伸び伸びかつ、やりたいようにやるようになっていたのだ。あたしは髪を真ん中で分けていて、それがぺしゃんこで、果実のカリンのように安定感のある顔——下膨れだと悪口を言うヤツもいる——なので、学校でもここでも「卑弥呼」だとあだ名されていた。中一になっても身長は伸びず、がりがりで、これは、大柄でなで肩タイプの敦子とは、大違いだった。敦子は胸ももうゆさゆさで、何事にもぼっこりしていて、したがって、尖がることの好きなあたしとは、すべてが正反対なのである。

才が立ち上がった。

「さあ、言えよ。」

あたしが詰め寄ったとき、

「カリン、やめなよ。」

と言いながら、敦子が入って来た。後ろに健太郎がいるのは、健太郎が呼んだに違いなかった。

「見たのは二人が悪いけど、ハサミだとか言って騒ぐのは、カリンが悪いよ。あたしたち、みんなを守ってやる立場にいるんだからね。」

いつも、ぼわーっとしている敦子が、きょうに限ってうまいこと言うなあと、あたしは思った。

敦子はパソコンの画面が開かれていることに気付くと、椅子に座って、「一件落着」を読みはじめた。「一件落着」は次のように書かれていたのである。

――「おーい、山よ！」と、あたしは、困ったときがあると、われらが山々に向かって呼びかけ、祈ることにしているのだが、その甲斐があったのか、願いが一つかなった。それは、この日記的随想が、もう他人の目を意識せずに、ぞんぶんに、書けるようになるからだ。きょうから、共用パソコンの盗み見防止が徹底することになった。ちょっと過激だったが、あたしの、「チンポ切るぞ。」宣言が、悪ガキどもを前にして、功を奏したのである。これからは、いままで以上に、本音を書こう。学校でのくやしい出来事や、母であるミセス・キミコ先生とのことなどを客観的に、あたし自身が納得できるかたちで、綴っていこうと思う。

一件落着！　でもまた、だれかが見たりしたら、どうする？　……案外、敦子だったりして。だったら、困るよ。（おしまい）――

母は、気鬱が治った三年ほど前から、支援施設と町の両方で英会話教室を開いていた。もちろんボランティアだが、気さくではきはきしていて、都会的なセンスもときどき光る、ミセス・キミコ（貴美子）先生として人気があった。

読み終えた敦子は、

「なーんだ。カリンは、あたしを疑っていたのか。」

こう言って、あたしをにらんだが、もちろんそれは本気ではなかった。敦子はあたしたちのところに来て、

「才。カリンに、あやまりな。約束破ったのは、才の方だから、これは言い逃れが出来ないんだ。わかった？」

と言った。才はくちびるをかんだまま、あたしと敦子をにらみつづけていた。

「才の気持ちは、カリンより、あたしの方がよくわかるけど、カリンがイヤだと言ってるんだから、やめようよ。頼む、才。」

敦子が才に頭を下げた。敦子が、「才の気持ちがわかる。」と言ったのには訳があって、どちらも義父の暴力にやられ、母親と一緒にこの支援施設に逃げて来たのである。あたしと健太郎は、大ざっぱにくくれば貧困で、大別というような言い方はしたくないが、母子の来所の原因は、家庭内での暴力と、子供を連れたシングルマザーの貧困とに、二分されていた。

「じゃ、言ってやるよ。公平でない約束は破っていいという理由を。」

「聞きたいもんだね。」

「女はいいのかよ。」

「？」

「女に、……チンポがあるのかよ。あっちゃんが、カリンねえちゃんの、『とうじん日和』を盗み見ても、チンポ切ってくれるのかよ。」

「……」

あたしはこころのなかで、「ぎゃー。」と叫び声を上げていた。才はこの瞬間を待っていたのだ。

「男だけに約束させる約束は、だから不公平だ。おれも健も、従う必要はない。」

自習室の入り口には、学校から帰った子供たちが集まっていて、成り行きを見守っていた。口先男の才は勝ち誇り、卑弥呼であるあたしはくちびるを噛んだ。あたしの脳は、なんとか負けを切り返すべく、めまぐるしく動いていた。しかし、物理的なことだけはどうにもならない。

長い髪を一つにして肩から胸のところにまわしている敦子は、困ったという顔をして、指先で髪をいじくっていた。あたしと才のぴりぴりした空気を破るには、間が抜けていて、──その変な感じで、あたしに閃《ひらめ》くものがあった。

「女にも、あるんだよ。おまえはまだガキだから、知らないだろうけどな。」

「じゃ、ちょん切ってくれるんだ。女も。」

「ああ、いいよ。その前に、あちしのを、見るか、才？」

あたしが一歩詰め寄ると、才は一歩身を引いた。才は、強い者に弱く、弱い者には強い。義父にこてんぱんにやられた才に、これは身に付いてしまったことだ。

「……」

あたしは、才が見たいと言った次の瞬間には、才に飛びかかり、押し倒して、才の頭にまたがるつもりだった。そして、まくりあげたスカートのなかの闇のなかで、あたしのパンツに才の顔をぐりぐりこすり付け、「なっ。よーく見ただろう。暗いから見えないのが、女のあそこなんだよ。」くらいには言ってやろうと思っていたのである。なぜなら、あるけど見えないのが、女のあそこだ。あたしは、ウソつきではない。

「いいよ。もう。」

才はぼそっと言った。あたしはむしろ拍子抜けがした。ところが、才は今度は、

「おれも悪いけど、ねえちゃんも、悪い。」

と言ったのである。

あたしは絶句した。そして、本当に怒った。

「ふざけたこと言うと、血を見るよ。あちしの後ろに、捨がいることは、おまえも知っているだろう。捨は中学三年で、バスケットボールの選手だから、けんかも強いよ。なんな

ら、呼んで来てやるよ。」

と言った。捨は隣りの町の中学に通っていて、すでに一八〇センチ近い身長があり、スポーツマンらしく眉が濃く、ちょっとキザでいかつく、あたしは捨の追っかけみたいな存在なのだった。ちなみに、捨の家はいまでこそ零落しているが、江戸時代は上級武士の家で、それが〇〇捨次郎家というので、みんなが面白がって、捨と呼んでいるのである。

捨の名前を聞いて、才の目が光った。あたしはその目をにらみ付けた。

「二人とも悪いから、おあいこだ。」

と才が言った。

「おあいこ?」

怒りを忘れて、あたしは吹き出した。思わず横にいた敦子に、「あっちゃん。聞いた? 才は『おあいこ』なんて言葉を知ってんだ。」と声をかけていた。

「どっちも悪い理由は簡単さ。」

才は言うと、パソコンの方に目をやった。

「『一件落着』の後に、もう一つ、題がある。それを見て、おれは読む気になった。でなければ、フォルダーを開いても、『一件落着』だけで、なにが書いてあるかわかるから、おれは先を読まなかっただろう。健太郎にも読むのはやめろと言ったはずだ。そのあとの言葉に、おれは釣られたんだよ。」

健太郎がそこを、集まっているみんなにも聞こえるように読み上げた。

――一件落着　切るこころざし。

「切るこころざし」の方は、活字のポイントが二つほど下がっていて、サブタイトル的だった。

「『切るこころざし』が、みんなに読んでくれって、叫んでいるじゃないか。ねえちゃんは、読んだらチンポ切ると言いながら、おれたちに読んでほしかったし、そう仕向けたんだ。だから、読む方も、読ませる方も、あいこで悪い。」

そうなのだ。あたしはこの間、町の図書館から借りて来た本を読んでいて、そのなかに、「愛するこころざし」というフレーズを見つけ、「こころざし」に惚れ込み、なんとしても一度、「こころざし」を使いたくなったのだ。「チンポを切るこころざし」が最初に浮かんだときには、自習室で夜遅くまでパソコンを操作しながら、笑いころげた。が、そのあとこれが、「切るこころざし」に圧縮されたときの、あたしの高揚感といったら、天にものぼる心地だったのである。切るのは、木か大根か人か縁か……。まさか、チンポだとは！

あたしは狂喜したのだ。

「『こころざし』に気付いてくれて、ありがとよ。鋭い。ほめてやるよ、才。ねえちゃんは、この文句が気に入って、それで使ってみたんだ。だけど、残念ながら、このタイトルは、盗み読みする者への、あちしの、仕掛け爆弾だったんだよ。才は、見事に、それに引っかかった。どんなタイトルであれ、どんな内容であれ、絶対にフォルダーを開かない、読まない、読むときには承諾を得てから、というのが、約束だ。才は、最初から約束を守ろうなんて、思ってもいなかったんだ。あちしまで悪いだなんて、よく言うよ。」

とあたしは言った。が、あたしの目からは、なみだがとめどもなく流れ出ていた。あたしがウソを言っているからだった。「切るこころざし」が仕掛け爆弾だなんて、しゃべるまで考えたこともなく、口が勝手に動いたのである。あたしはやっぱり、読むことも書くことも大好きで、だから、――面白いことを書いたら、だれかに読んでもらいたかったのだ！　才はそういう意味で、小学生にして舌を巻くほど立派な愛読者であり、批評家だったのだ。

「仕掛け爆弾か。カリンねえちゃんはそんな風に言うんだ。見そこなった。だってよう。それじゃ、やり方がきたないもの。ねえちゃんはいつも、『ここにあたしたちがいることは、神様が決めためぐり合わせ。だからあたしたちだけは、ウソなしだよ。何人も一緒に暮らしていて、ウソなしにやっていけるなんて、これは素晴らしいことなんだ。』って言うじゃないか。仕掛け爆弾だなんて、それこそウソだらけのおとり捜査みたいじゃないか。

おれはやっぱりねえちゃんの、『とうじん日和』を読みたかったから、約束破って読んだけど、ねえちゃんも、『みんなウソなし』って言いながら、実はおれたちを疑っていたんだ。信じていなかったんだ。」

才の、真っ白でよくそろった歯を、あたしは見詰めていた。あたしがみんなを疑っていた？ ——あたしのなかに、怒りとか恨みとかやっかみとか反発とか意気消沈とか、それらの感情の先の先にある、あたしの全身を覆って余りある、悲しみがわき起こった。

「よーくわかった。ねえちゃん、悲しいけど、パソコンに関しちゃ、これまで通りでいいよ。楽しいこと、苦しいこと、悩むこと——ねえちゃんは思ったままを、これからも書くよ。だから、『とうじん日和』を読んでくれ。あたしは、才も健太郎も、それからもみんなも、大好きだよ。あたしはおまえたちにウソをついたことはないし、おまえたちを疑ったこともない。仲間が信じ合えなくなったら、もうおしまいなんだよ。……これ以上は言わない。……健太郎。そのハサミ、食堂に返して来てくれ。」

敦子が、あたしと才のあいだに割って入って来て、

「今度こそ、一件落着だよね。」

と言った。

しかし、あたしという人間は、どうしたものか、一気に突っ走りたいときには、あらゆ

るものを解決してしまいたいのである。

あたしは才のことで、あたしのなかで引っかかっていた次のことを、みんなの前で聞くことにした。

「新しい学期が始まったばかりの、覚えているよな？——あのときの才のすがたは、なんだったんだよ。」

才はその日、午後四時くらいになっても小学校から帰らなかったのだ。心配して大人も一緒に周囲を捜しまわった。あたしはなんとなく予感がして、裏庭でも、敷地の東南の角の、山並みが一番迫って見える、一段低くなった窪地に行ってみた。ここには伐り倒されたケヤキの切株があって、ここに座ると、窪地であるためにまわりからも見られず、大自然にすっぽり包み込まれるような気になるのである。行くと、日本海に傾く夕日が、切株に座る才の後ろすがたにもあたり、一日の最後の光芒で、燃えるように赤かった。

あたしは静かに近寄り、あかんべするみたいに、いきなり才の前に立った。才は驚いて顔を上げたが、あたしだとわかって、ふたたび顔を伏せた。気が付かなかったが、才はランドセルを後ろに背負わず、前に掛け、その、べろみたいな覆いの皮革の上に、これまで顔をうずめるようにしていたに違いなかった。

「どうした。才。」

「……」

「べそかいてんのか。」

「泣いてなんか、いねえよ。」

「やっぱり泣いてたんだ。」

あたしは才の顔をのぞき込んで言った。舌打ちしながら、才はそっぽを向いた。

「わかってんだよ、このカリンねえちゃんには。学校で、なにがあった？」

あたしは思いっ切りやさしい顔をして、才の顔を見てやった。あたしも敦子も、それから、この家に育った者みんなが、経験して来た道だ。イヤなことは、一度や二度ではなく、何度も、それも、形を変えてやって来るのであり、そのつど、みんなは、必死に懸命に、しのいで来たのである。平生弱みを見せない才は、なにを見たのか。

「ほれ、才。言っちまえよ。ねえちゃんは、おまえと、おむつのときからとは言わないが、ずっと一緒なんだぞ。この場所だって、ねえちゃんには、すぐわかった。あの山には天狗様が棲んでいて、あたしたちを守ってくれているから、おまえがここにいることを、天狗様がねえちゃんに教えてくれたんだよ。」

「バカ言ってら。」

才は吐き出すように言うと、ランドセルを両腕からはずし、前へ投げ捨てた。

「なんだ、こんなもの。いらねえよ。」

あたしたちこの家で暮らす者は、みんな裸同然でここにやって来ているので、持ち物のほとんどすべてが、「いただきもの」なのである。才はいま、それらのうちの一つを、乱暴にも、捨てたのだ。

「それは、よくないぞ。」

こう叱るあたしを突き飛ばして、才は夕闇に消えたのだ。

このときのことは、いつか聞かなければならないことだった。才が一人で背負うにはあまりに重過ぎる問題だと、あたしは本能的に悟っていた。

「才はあのとき、どうしてランドセルを投げたりしたんだよ。みんなの前で言ってみろ。」

とあたしは言った。

「……。」

「言えないのか。」

「返せって言うから、返してやるんだよ。」

「なに言ってんだ！」

「あいつら、自分たちのものでもないのに、ランドセル返せって、言ったんだ。」

言うなり才は、顔を両手で覆ってしゃがみ込んだ。悔しいのだ。

半年ほど前のことだ。ある県の施設で暮らす新一年生たちのために、何個かのランドセルを贈った匿名氏がいて、この話がテレビで紹介されると、この匿名氏とおなじ名を名乗る人たちの善意の輪が、またたく間に全国に広がったのである。「小学校に入学するのにランドセルがないのはかわいそうだ。」というので、入学式を前に、あっちでもこっちでも、施設にランドセルが送り付けられたのだった。あたしたちのところでは新一年生はいなかったが、あたしたちはこのニュースを素直に喜んだ。ランドセルがなくてみじめな思いをするより、余程いいからだ。しかし、その話のランドセルと才がいま使っているランドセルとが、どこでどう結び付き、まして、同級生たちに返せとどうして言われなければならないのか、あたしには理解不能だった。第一、おなじ善意とはいえ、才のランドセルは、この家から巣立って社会的に成功した先輩によってプレゼントされたものであり、しかも、才で使用者が三人目となる、お古だったのである。お古と言えば、中学に入学したときのあたしと敦子の学生服が何人目かのお古で、生地が、お尻のところなんかアイロンをかけられ過ぎて、もうピカピカに光っているのだった。

「返せって、か。そこまで言ったか。」

自習室のなかは静まり返っていて、あたしは、才の、切株に座って思い詰めていた怒りと悔しさと悲しみを、自分のものとした。

「おーし。」

あたしはガラス戸越しに山並みに真向かうと、気合を入れた。

「このカリンねえちゃんが、返せと言った、そいつらを、股裂きの刑にして、懲らしめてやろうじゃないか。」

あたしは叫んだ。あたしたちが朝な夕なに眺める山並みの奥には高峰が聳《そび》えていて、そこには天狗様が棲んでいると言われていた。あたしはその天狗様になった気さえした。あたしがあまりに大仰だったからか、あたしが股裂きという言葉を口にしたからか、しゃがみ込んでいた才が顔を上げて言った。

「カリンねえちゃんに股裂きやられたら、あいつらもたまったもんじゃないな。悲鳴上げるよ。股裂きか……。」

「ねえちゃんが、必ずやっつけてやるよ。」

「股裂きは小さいときのおれにも覚えがある。股裂きが出たら、降参するしかない。大人しくするよ。――そうだな……、おれ、ランドセルの件、あいつらにちゃんと話してみる。」

みんなが明るい気持ちになったところで、

「カリン。また一つ、一件落着したね。」

と敦子が言った。健太郎が持っていたハサミを振りまわしながら、

「これどうする？」

と聞いた。

「食堂に返してなかったのか。」

と、あたしは言った。才がそのハサミを見て、

「そうだ。思い出した。女のを見せるって、カリンねえちゃんの約束だった。約束は守ってくれよ。」

と言って、長い舌をベーっと出した。才はしかし、あたしの閃きがどんなにすごいか、わかっていなかった。

「おまえら、バカだねえ。もうちょっと前まで、あたしたちと一緒にお風呂に入っていたろうが。それで見なかったのか。」

と、あたしは言った。二人は顔を見合わせたが、あたしの言っている意味がわかるはずもなかった。

「あたしのはそうでもないけど、敦子のは違うんだよ。」

敦子は一瞬きょとんとしたが、すぐに気付いた。

「なに言ってんだよ！　カリン。叩くよ。」

「おれ今度、あっちゃんと一緒に、風呂に入ろうっと。」

と健太郎が言った。

「敦子はね。もう大人の体だから、おまえたちみたいなガキと、お風呂に入らないんだよ。ねえ？　敦子。」

「人権侵害されたから、カリンとは、もう口きかない。」

敦子は、ぷりぷり、ほんとうに怒ってしまった。しかし、あたしと敦子はいまでも一緒にお風呂に入るから、あたしは良く知っているが、敦子のは、突起が肥大というか、ふだんから少しのぞいているのである。

§

才は、危なっかしい性格をたくさん持っていたので、みんなとぶつかることの多い子だが、あたしの母であるミセス・キミコ先生が好きなのである。その理由がふるっていて、才によれば、キミコ先生が英語を教えるのもすごいが、ボランティアで教えるのは、もっとすごいというのだ。

母は気鬱が快方に向かうようになると、支援施設の子供たちに、週に一度、英会話を教えるようになった。英会話教室は日曜の午前に自習室でおこなわれ、留学経験のあるミセス・キミコの、本場の英語が室内に流れるのである。キミコ先生は、町のボランティア講座の英会話講師も引き受け、これがまたなんと生水先生！　と交代で月に二回、町の商店主や中学生に英会話を教えているのだった。生水先生と母とは余程気が合うのである。

才は英会話教室に皆勤賞で、あたしなんかよりよっぽど流暢！　にしゃべる。小さいときに義父にいじめられた才は、人間は打算だけで動く、と思い込んでいて、それが母と話すようになってから、徐々に変わったのである。才が、めったに話さない自分の体験をキミコ先生に話したのも、無償で教えるすがたを見てのことだろうと、あたしは思っている。才があたしたちの部屋を訪れたときには、あたしもいて、才は躊躇した。しかし母は、

「あら、いいじゃないの、カリンがいても。どうせみんな、才ちゃんもわたしも、『苦しい、苦しい。』っていう話なんだから。大丈夫よ。」

と朗らかに言って、才をしゃべる気にさせたのである。母は身長があり、髪もオールバックが似合う顔だちだったので、町の教室に通う商店主たちに人気があった。才の話が終わってから母は、「まさか、こんな話だとは思わなかった。」と、ショックを隠せずにいた。そのときの才の話を、しばらくしてからあたしは、手書きの方の、「とうじん日和」に書いた。

——才は、口から先に生まれた、あたしと敦子がひそかに名付ける、「口先男」なのである。なぜか——それは才の、二番目の親父が、口にするのもけがらわしいほど、めちゃくちゃ、暴力的かつ変態的なヤツだったからで、才の、本来はやさしい性格（あたしはそう信じる）が、この親父によって、ねじ曲げられたからだ。こいつは、「暴力をふるう」などという形容が、いかに生ぬるいかを証明するくらい、乳呑み児から小一までの才を、虐待した。才が語ったことは、怖さを通り越して、あたしをげらげら笑わせるほど信じられないことだったが、口先男の才はそれを、小学生とはとても思えない口調と汚ない言葉の羅列で、——それゆえまったくの事実として——流れるように、しゃべったのである。

「おれの二番目のとうちゃんは、裸にひんむいたおれを、殴って蹴って、棒みたいにころんだのをまた蹴って、今度はつかんで逆さまにぶら下げたり、それでもおさまらないので、股裂きにして突っ込んだ足で、チンコつぶれるくらいにぐいぐい押して、押しながら足の指の股でチンコをはさむ面白さを発見し、おれがほとんど白目むいて悶絶しているのによう、きゃあきゃあ騒いで、喜んでいた。おれはあいつが早く死ねばいいと思っていたけど、あいつは、働かずに家にいるから元気で、余計なエネルギーが有り余っているせいもあって、誇大妄想って言うの？　その誇大妄想をたくましくして、ほかに男なんているわけがない、かあちゃんを責めていじめて、がしがし暴力をふるっていた。」

――才の親父の暴力はエスカレートして行くことになるのだが、この男は、言葉の暴力すなわち言葉による「いたぶり」もすごかった。才によれば、才の親父は、こっちがやってもいないことを、やったと認めさせて、それが愉快でならず、絶頂の気分になるのだった。白を黒と認めるまでにいたる人間の、こころの苦しみを、あいつは高みから見ていて愉悦したのである。これこそ才が、逆に、「認めたらおしまいだ。」という、どんなに自分が悪くても、決してすみませんと言わず、したがってあやまらない、人間になった、理由なのであろう。

「とうちゃんの、やり方の汚なさは、小さいながらにも、酷いなあと、おれに思わせた。あるとき、テーブルの上に置いてあったおれのマグカップを、とうちゃんは持ち上げて、すっと横にやって、わざと下に落としたんだよ。プラスチックだから割れなかったけど、落ちてころがって少しヒビが入った。拾えと言うので、イスから降りて拾って、テーブルの上に戻すと、『才だな。才がやったな。』と言うんだよ。そうじゃないに決まっているけど、とうちゃんが怖いから、それは違うと言えずにおれは黙っている。するとそこで、平手打ちが飛んで来る。『おまえがやったんだから、弁償してくれよ。』――こんなことを、親が言うか。『あやまれよ。』『認めろよ。』――とにかく、黙っているたびに殴られた。ついに泣きながら、『ごめんなさい。』と言うと、『わたしがやりました。』と言えと言うんだ。

これはもう、パターンみたいになっているから、たぶん、とうちゃんのテレビの刑事ものの見過ぎだ。『わたしがやりました。』と、とうとうおれは認める。するととうちゃんは、ガキのおれを相手にして、急に、にこにこする。そして言うんだ。『やっぱり、おまえが悪かったのか。ほーっ。そうだったか。そうだと思っていた。だったらなぜ、もっと早くあやまらなかったんだ！』。そこから、さっき言った、殴って蹴ってぶら下げてが、またはじまる。おれは小さいときから、他人にやられないようにするにはどうすればいいか、それればかり考えて生きて来た。もちろん、こんなにちゃんと考えられていたわけじゃ、ないけどね。」

——才のおかあさんはやせていて、母によれば、お風呂で見ると、殴られた跡が、まだみみずばれになって残っているそうだ。才の親父はこの前、アルコール中毒で死んだが、そのとき才のおかあさんは母に、「ようやく少し恐怖心がなくなりました。」と語ったそうだ。母も、「わたしも、夫が死んで、吹っ切れたものがあります。」と言ったら、「えっ？キミコ先生にもそんなことがあったんですか。」と言って、それから急に、母に会うと、頭を下げるようになったそうだ。

——才。おかあさんのためにも、ひねくれてないで、ちゃんとやれ。口先男になってちゃダメだぞ。（『この子は何処《いずこ》へ』おしまい）

§

行方不明の父が亡くなったのは、あたしたちがここに来てから一年ほどしてだった。学校から帰るとテーブルの上に母の置手紙があって、それには、おとうさんのふるさとに三、四日行って来ます、とあった。これだけであたしは父の死を確信した。不思議と悲しくなかったのは、父がどんなに苦しくなってもあたしたちの前にすがたを現わさなかったからである。苦しみに耐えているうちに父のこころが澄明になり、ふっとこの世から消えたのだろうと、あたしには思えた。父を身勝手だと責め、どうしてあたしたちばかりが苦しまなければならないのかと呪ったこともあったが、父は父で地獄の日々を送ったに違いなかった。

母は四日目に帰って来ると、東側の山並みが見えるガラス戸のところにあたしを呼び、あたしを引き寄せて抱いてくれた。

「カリン、聞いてね。みんなに迷惑をかけたおとうさんだけど、病院で亡くなっていたの。弁護士さんから連絡があって、わたしが行ったときには、もうお骨になっていた。それで、おとうさんのふるさとのお墓に納骨して来ました。きっと喜んでいるでしょう。いなくなってからなにをしていたのか、結局なにもわからずじまいだったけれど、おとうさんの苦しみがわたしにはわかる気がします。おとうさんのたましいは、その辺にいて、わたしたちを見守ってくれているはずです。」

と母は言った。と、このとき、山からごうごうと風が吹いて来て、ガラス戸を揺さぶった。こんなことは良くあることだったが、

「ほらね。」

と母は言い、頰のカーブを美しく見せて笑った。

「で、おとうさんたら、わたしたちに二つ、遺していったものがあるの。」

母は急に小声になり、「二人だけの秘密よ。」とつづけ、そばにあった包みをテーブルの上に置いた。

「おとうさんは貸金庫を持っていて、弁護士さんに、自分が死んだら、わたしに開けるようにって、遺言していたそうなの。弁護士さんから封筒に入ったカギをもらって貸金庫を開けると、……なんだと思う？」

「お金？」

「それと、もう一つは、これ。」

と言って、包みを開けて、なかからティッシュの箱くらいの大きさの箱を取り出した。

「開けてみる？　……その前に、お金は現金で四十万円。もっとあったのを、生活費に少しずつ使って、最後がこれだけになったのね。カリンの将来のために貯金しておきましょう。」

と母は言った。あたしは渡された箱を開けた。なかには、電子辞書を二個重ねたくらいの大きさと重さのものが、油紙に包まれて入っていた。油紙を取ると、それは一挺の、角ばった小型拳銃だった。

「わたしは忘れていましたが、留学時代の友人から、おとうさんがもらったものね。東京の家で見たことがあるもの。おとうさんが、『こんなのバレたら、銃刀法違反で捕まっちゃうよ。』って、言っていたのを覚えている。これ？　護身用のコルトで、ビニール袋に弾丸が三発入っていた。」

ここまで言うと、母はコルトを左手の手の平に載せ、じっとコルトに見入りはじめた。母が物思いにふけるときのクセの、右の人差指でこめかみを揉む仕草もはじまった。母はあたしがいることを忘れつつあったが、この状況は、あたしたちがこの家に来て間もなく、あたしが「あたし」を使うようになり、母に心痛を与えたときと、似ていた。母は父を相手につぶやいた。

「どうしろと言うのだろう。……三発でしょ。みんなで死のう、とでも思ってたの？　だったら、わたしたちの前に現われれば良かったのよ。そのとき、一言ぐらい、なにか言っても良かった。わたしも、それなら気がすむ。もっとも、わたしもカリンも、死にはしないけどね。——こんな物騒なもの遺されて、勝手なんだから。でも、もう、まっ、いいか。カリンが心配だったら、これからは、たまには、夢枕にでも立ってね。」

あたしは、母を現実に引き戻すべく、

「おかあさん！　いいよ、その拳銃。鉄橋の百メートルほど上流にある、亀ケ淵《がめ》に行って、わたしが投げ込んで来る。亀ケ淵はね、深くて底に渦が巻いていて、すっぽんに引きずり込まれるという伝説から名付けられたんだよ。学校では遊泳禁止にしているし、あそこなら、永久に見つかりっこないもの。」

と、叫ぶようにして言った。

管理人室には居室ごとの貴重品入れのロッカーがあった。拳銃は箱に戻され、このロッカーに仕舞われた。母とあたしは拳銃のことなどすぐに忘れてしまった。

§

支援施設の南と東は山並みに囲まれているが、施設から東へ、山に取り付くまでのあいだには二十枚ほど田んぼがあって、庭からそのままつづくかたちで、全体がのぼり気味に、ゆるい斜面をなして広がっていた。パラグライダーの地上基地やスクールや、着陸地点のある芝生広場は、いずれもこうした田の休耕田を利用して設けられていた。尾根に入って行く道を少し登った沢のそばに、堅炭岩《かたずみ》といって、三階建てくらいの高さの大岩があった。晴れた日の秋の夕方には、木の間越しに一日に十五分間ほどこの岩に西日があたり、炭のように黒光りした一枚岩がそっくり橙色に染まるのである。あたしたちの部屋からはその時々刻々の様が見えて、それはそれは神々しく、あたしはいつも、なにかに呼ばれている気がした。秋、——なにもかもが日差しに焦げて、深みがあって、自然と人間とがうまい具合に調和して、鎮もるという言葉がぴったりで、だからあたしは、秋が一番好きだ。

「ああ、ほんとに落ち着く。」

「カリン。ほら、落葉の散る音まで聞こえるよう。」

と、中一の秋の祝日の午前、自室にいた母とあたしが話し合っていたとき、自習室から敦子の足音が聞こえて来た。あたしたちは足音でそれがだれだかわかるのである。開け放してあったドアの外に敦子の顔がのぞいた。

「いるっ？　あっ、キミコ先生も一緒だ。団欒のところ、ごめん。」

敦子は言った。ここではみんなが団欒という言葉が好きで、一人でこたつに入って丸まっているときでも、「団欒のところをごめん。」となるのである。

「やっぱり敦子だ。どしどし歩くから、すぐわかるよ。」

「それより、これこれ。」

敦子は手にコピー用紙を持っていて、それをひらひらさせた。

「入ったら？　いま梨をむいたところなのよ。」

母が言った。母は、キミコ先生のときには目をきらきらさせてあくまで明るく、あたしと二人だけのときは、姉のようにおだやかだ。母は、あたしが突っ張り、尖《とん》がっていて、とくに学校では、「不良」とまで呼ばれていることも、それから、あたしが母の前以外では、「わたし」ではなく、「あたし」や「あちし」を使っていることも、知っていた。施設に住む以上、あたしがどんな風になろうともひたすら見守っていこうという態度で、あたしもだんだんにその辺のことがわかって来ていた。突っ張り尖がるのを、父は天国から応援してくれているはずだし、だからこそあたしはあたし流に踏ん張るしかない——あたしに人間としての力というものが備わりはじめたとしたら、この頃からだ。

敦子も加わり、三人で小さな座卓を囲んだ。

「あっちゃんは食べ盛りだからね。さあ、たくさん食べてね。」

「わたしも同い年だよ。」

「あっちゃんを見ると、食べてほしくなるの。」

「訳がわかんないよ。ねえ、敦子？」

「わたしは、キミコ先生の言う通りだと思う。」

「すぐ裏切る。さっさと食べな。」

敦子は梨をほおばりはじめ、あたしは敦子が持って来たコピー用紙を読もうとした。

「そうなのよ！　それでわたし来たんだ。それ、お金になるんだよ。」

「あっちゃんは、面白い子。食べるかしゃべるか、どちらか一つにしなさいな。わたしたちも逃げていかないから、食べてからにしたら？」

「この梨、おいしいね。」

「町の英会話教室で、梨の栽培農家の人からもらったの。木から直接採ってもいいそうよ。今度みんなで梨狩りに行くといいわ。勉強にもなる。」

「その人、収穫で一番忙しいときにも、英会話やるんだ。」

「かれは三十代の農家の跡取りだけど、梨に英語で話しかけるそうよ。『大きくなーれ。』って。これにはみんな大笑い。」

あたしはコピー用紙に目を走らせていた。

「カリン、どう？　こないだ、わたしのクラスで話題になったのを思い出して、さっき、インターネットで検索してみた。わたしが言うように、お金になるでしょう？　それも十万円よ。」

「あっちゃんがやれば？」

「わたしは無理。作文が苦手だもの。」

「なにが書いてあるのか知らないけれど、お金の話は、ここではやめてね。まして、あなたたちはまだ中学一年生なんだから。」

「敦子、説明しなよ。」

「キミコ先生、聞いて。県都の○○新聞社が作文を募集していて、それの題が、『わたしの自慢』で、大賞をとると図書券十万円分がもらえます。小学生から高校生までが応募出来て、県教委や市町村教委も後援しているので、三年生の国語の先生なんかは、作文が得意な者は応募しろとすすめているそうです。」

母はこの話を、興味なさそうに聞いていた。敦子が話し終わると、

「敦子さん。うまい話より、あそこに見える、ススキの穂の方がいいわよ。」

と言った。

「なんですか、それ？」

敦子がまじめに聞き返した。母は笑いながら、

「お金より、金色に光っているスキに囲まれていた方が、しあわせだってこと。」

「先生、うまい。」

敦子が、胸のところで小さく拍手するような仕草をしながら言った。敦子はこういう会話に加われたのがうれしかったのだ。

敦子は小学校に入る前からこの家で暮らしているから、あたしの先輩でもある。小中を通して学校の行き帰りが必ず一緒と言っても、帰りまで必ず一緒というのは大変で、しかし、どちらかが病気で学校を休まない限り、あたしたちはつづけて来た。なにかの都合でどちらかの下校が遅れ、たとえそれが一時間であっても二時間であっても、あたしたちは待つのである。先に帰られるということがないので、いなければ待つ。場所は、小学校のときが出入り口の靴脱ぎ場の隅っこの角で、ここに立っていると、勢い良く出て行く生徒の群れを、生徒たちにはあまり気付かれずに見ていることが出来た。敦子のクラスの子で、あたしの知らない子に、「敦子ならまだいるよ。」と声をかけられたこともあった。こういうことがあるとあたしはうれしくなる。だから、「必ず一緒」をつづけられたのかも知れない。

敦子の場合も才の場合も、義父による暴力から母子ともに逃げて来たのだが、敦子の場合は幼児期の性暴力被害だった。これも信じられないほど酷く、怒髪天を衝く（あたしのフォルダー名である「カリンの怒髪」の由来でもある）ほど腹が立った。

敦子は、隣県に住んでいた保育園の頃、二番目の父親に、あそこの部分に鉛筆のキャップを突き立てられる、いたずらをされていたのだ。義父のその行為はかなり長くつづき、たまたま仕事を早帰りした敦子の母親が見つけて発覚したが、この義父が敦子を女として扱ってしたいたずらは、キャップだけではなかった。敦子の母親が問い質すと男は逆切れし、敦子の母親を、――「殺すほど。」と敦子は表現したが、――殴ったのである。母子はその晩、逃げた。「なにが面白くて、あいつ、あんなことしたんだろうね。未成熟な肉体をいじくって、変なことさせて。変態なんだよ。あいつ。」と敦子は言っていた。母を気鬱にさせた借金取りも、敦子の義父も、それから才の義父も、弱い者が竦《すく》み上がり、無抵抗になっている状態を見るのが、愉しくて仕方がないのだ。こうして刻まれた体験が、その後の日常のなかで、なにかの拍子に、――たとえば町を歩いていて飛行機の轟音がしたり、テレビを見ていてお笑い芸人が突然バカみたいに引きつるような笑い声を上げたりしたときに、――突如よみがえるのである。

あたしと敦子は連れ立って外に出た。才がランドセルのことで泣いていた庭の隅の切株に、背中合わせで腰掛けた。ちょうど反対向きになることになったが、こうしないと切株には座れず、お尻とお尻も引っ付いて、これがまたあたしたちには楽しいのだった。あたりには丈の高いオミナエシ（黄色）が押し寄せていて、その下の方でミズヒキの花（赤色の点々）やキキョウ（青色）がつつましやかに息をしていた。

十万円は魅力だった。チケット屋に行けば、図書券が換金出来ることくらいはみんな知っていたし、現金が手に入れば、喉から手が出るほど欲しい個人用のパソコン！　を買うことが出来るのである。

「悪くない話、ではある。」

あたしが、いつものようにもったいぶってこう切り出すと、

「わかってたよ。カリンの目が、戦闘モードになって燃えてたもの。自信あるの？」

「自信ねえ。当然、……ない。」

「ウソっ。」

頭の後ろから聞こえる声は、相手の口から離れた途端に風に運ばれ、言わば迂回して、心地よく耳に入るのだった。

「自信なんて、あるわけないよ。それほどあたしは世の中、なめてないもん。」

「なんだ。がっかりした。じゃ、ダメだ。」

「あっちゃんは、すぐこうだ。あきらめが早過ぎる。いい？　十万円だよ。あたしたち、小学生のとき、本箱作りの工作費千二百円が払えないときがあったじゃない。十万円はそ

の百倍近いんだよ。難しいに決まってる。第一、何千人が応募すると思ってんの？」

「あたしはただ、カリンが賞をとれば、この家のみんなが喜ぶだろうな、と思っただけよ。『とうじん日和』は面白いし、カリンは学校では作文でほめられたこともあるし、町の図書館にある文学全集はもうほとんど全部読んでいるし……。『次は県立図書館の全集読破だ。』って騒いでいたじゃない。『読むのが面倒になったら、食べちゃえばいい。』とまで言ってたはずだよ。」

「最後のは冗談だけどさあ。」

「あたしは帰る。」

敦子が立ち上がった。敦子の落胆は、あたしの想像をはるかに超えていた。あたしも立った。天の神様から見たらほんとうに変な光景で、切株の分だけ間は開いているが、まだあたしたちは反対向きになりながら立っているのである。敦子の落胆があたしに火を付けた。あたしは山に向かって吠えた。

「おーし。やってやろうじゃないか。敦子！　まかせときな。」

あたしは振り返り、切株の上にコピーを置き、敦子の機嫌が直るように、わざとおどけて大きな声で読み上げた。

「どれどれ。タイトルは、『わたしの自慢』。枚数は四百字詰め原稿用紙で五枚から十枚。

小学生から高校生までが対象。ふむふむ。で、締め切りが十月三十一日で当日消印有効……？　敦子！　十月って今月じゃないの。今日がいつかわかってんの？　二十日！　あと十日しかない！　なんでもっと早く言わなかったんだよ。敦子！」

その晩から、あたしは自習室のパソコンに向かいはじめた。ワードで原稿を作っては直し、作っては直しし、三日が経った。しかし、まともなものは一つとして出来ないのだった。四日目になって気付いた。考えてみると、あたしに、他人に自慢出来るものなど、なにもないのだった。あたしは、ちょっと思い付いただけの、面白そうな自慢話を――モグラが穴を飛び出して日光に当たって死んだのを埋めてやったとか、以前、おしっこをおふろにじゃーっと入れた広子が川で溺れかけたのを助けたとか――ただ単に並べていただけなのだった。

――ああ、愚か！　浅はかもいいところのカリン。

あたしは深夜の自習室でのたうちまわった。そして、

――身のほど知らずの、バカだったなあ。チャレンジ中止。

と思ったとき、天から降りて来るものが、天才モーツァルトのように、あたしにもあった。あたしの頬をなみだが伝い、あたしは神に感謝した。タイトルは瞬時に決まっていて、「太平洋」。敦子がお風呂のなかでつぶやいた言葉から閃き、敦子の思春期の体の成長を、

この家の様子とともに描き、あたしの自慢は、そんな敦子を親友として持てたことだ、と高らかに宣言するというものだった。あたしはこの発想だけで有頂天になり、フィクションも入れて、大半はあっという間に出来た。

――

摩耶《まや》ちゃんの裸はすごい。

私と摩耶ちゃんとは、小さい時から一緒にお風呂に入っている。だから、私にはわかるのだが、小学六年生から中学一年生になるまでの摩耶ちゃんの成長ぶりは、身長も手足もそれぞれ十センチくらいは伸び、体つきも、全体的に豊かになって来た。それに比べて、私の方はどうだろう。まだ小五か小六の男の子みたいに、がりがりのままである。

――

◎施設全体が寝静まった自習室で、あたしはパソコンを打ちつづける。夜中の窓の外を黒い塊が飛んで行くのは、鳥たちが日本海を渡って来ているからだ。その力強い羽ばたきを耳にすることが出来るのは、母に言わせれば、見ず知らずの北陸に来たあたしたちへの、神の恩寵なのだそうだ。鳥たちが風に身をまかせるように、脳のなかに湧き上がるものを、あたしは写生するだけである。

――

私たちが入るお風呂は広い。それは、私たちが暮らしているのが、八家庭およそ二十人が共同生活する母子生活支援施設だからである。この施設は以前は母子寮といったそうだ。こう言われて、「ははーん」と納得する人も多いだろうが、そう――それぞれの母子家庭は、それこそ「本当の話なの？」といぶかしがられるくらい、凄絶な経験をした末に、ここにたどりついたのである。

しかし、人間は、いつもいつも暗い顔をしているわけにはいかない。私と摩耶ちゃんの、土曜日の午後の、二人だけの入浴も、笑いに満ちている。いろんな嫌なことを、私たちは水ならぬお湯で流してしまうのである。

お風呂は、湯船だけで三畳もあって、お風呂大好き人間の摩耶ちゃんは、いつも二十分はつかっている。鼻の下の線をぐっと長くして……まるでカピバラだ。カラスの行水派である私は、つかっても五分間ともたないので、早々と体を洗い、麻耶ちゃんが湯船から上がるまで、洗い場のマットの上で、ヨガをやったり、腕立て伏せをしたりして、待つ。そうしながら、ちらちら摩耶ちゃんの裸を見て、「ぴかぴか光ってて、すごいなあ。私もそのうち、麻耶ちゃんみたいな体になるのだろうか」と、うらやましく思うのである。

お湯の中にいると、私の中の、とげとげしたものが、全部溶ける。きっと摩耶ちゃんも同じだろう。

「カピバラ摩耶ちゃん」

私は、目を細めてお湯につかっている摩耶ちゃんに呼びかける。

「なーに？　カラスの福子」

私は、自分でいうのも変だが、顔が少々、黒いのである。


——

◎文って、なんだろう。書きはじめると海の上を漂いはじめるように、とりとめも際限もなくなるあたしは、考える。思いもよらない、まったく違った展開になるのが、あたしには面白くもあり、怖くもある。そして、懸賞作文はやはり破綻を来した。

——


「呼んだだけだよ。私たち、至福の時、だね。」

と私は言った。

「しふく？　……ああそうか、わかった。この上なく、幸福なのね。でも、そんなにみんな幸福かな。福子は、本いっぱい読んで、難しい言葉をいっぱい探して、それで楽しめるんだから、幸せでいいよ。……『唾棄《だき》』もそうだったじゃない。あのときは、泣きそうだったね。」


——

◎そうである。パソコンに「唾棄」と打ち込み、このひと言にあたしは自分を見失い、作文全体を空中分解させたのだった。

――

「あれはねえ……。『唾棄すべき先生だ』って言ったところで、国語の時間だったから、国語の先生が教室に入って来て、その先生に向かって言ったようになったんだよ。」

――

◎ここから先は、もう作文ではなかった。強いて言えば、「とうじん日和」だった。

――

摩耶ちゃんは、お風呂の話が変なところに行ってしまったので黙ってしまったが、隣県の中学校の男の教師が、女子更衣室の盗撮で捕まって、それであたしが、「そんないやらしい奴、許せない。まったくもう、唾棄すべき先生だよ」と言ったのだった。話の後半だけが聞かれて、私は少しも悪くなかったが、昼休みの時間に職員室に呼ばれ、こってり絞られた。

「その国語の先生さあ。福子に唾棄を、投げ返したかったんじゃない？」

「……」

「『唾棄すべき生徒だ』って」

「摩耶ちゃん……私って、そんなに不良かな」

「それよりか」

「なにが、それよりか、だよ」

「福子。このお風呂、広々してて、太平洋みたいだ」

「なんだって？」

摩耶ちゃんは両手で泳ぐように湯をかき、波立たせた。

「ちゃっぷんちゃっぷん、荒波まであって、ここは太平洋！」

そう――私が誇れる、「わたしの自慢」は、このお風呂なのである。


――


実に安易だった。書き終わったと同時に、あたしはこの作文を破りたくなった。あたしは立ち上がり、自習室のカーテンを開けた。白みつつある外の光が射し込み、ガラス戸にしょぼくれて立つあたしのすがたが映っていた。

「カリンてヤツは、ひどいもんだね。うぬぼれだけは人一倍で、夢ばっかり見て、いい気になって、それでも懲りない。情けないよ、まったく。」

あたしは、あたしの像に向かって罵った。その像の胸ぐらをつかみ、なんてざまなんだと蹴り上げ、仰のけに倒れたところを踏みつけてやりたいくらいだった。

「もうやめた。」

世の中から、いいことが全部消えたようだった。しばらくして部屋に戻ると、母が起きていた。

「書けた？」

「ダ、メっ。もともとからして、無理だった。調子に乗ってたと思う。」

あたしは母に、なるべく感情を見せないようにして言った。

「惜しいじゃないの。ここであきらめるのは。せっかく毎日徹夜して。」

母はもう着替えていて、小さなテーブルには、あたしの好きな昆布茶まで用意されていた。

「……」

「おかあさんは、やれると思う。少なくとも、一度はちゃんと書き切って、提出してみて、それでダメなら、仕方がない。結果はあちらさまが決めることだもの。」

母の冷静さが、あたしを逆に苛々させた。

「おかあさんには、書いて行くうちに、わたしのなかにある、怒りとか辛さとか、そんなものが爆発して、作文じゃないものが出来て行く、その、止めようとして止まらない、衝動の怖さが、わからないのよ。わたしのなかには、いつの間にか、洞穴みたいな真っ黒いものが存在していて、そこにわたしは堕ちて行く。だれもわたしなんか、助けてくれないのよ。」

あたしは、敷いてあった布団にもぐり込み、言い過ぎたなあと思いながら泣いた。

目が覚めて、あわてて時計を見ると、午前十時を過ぎていた。「学校！」と思ったが、体は動かず、いままでならとにかく学校に行かないと焦るところだったが、けさだけは、「これでいいんだ。」と言う声がした。あたしは目を開けたまま、天井を仰いでいた。ほとんど気配らしい気配を見せていないはずだったが、開いているガラス戸の外で、

「起きた？」

と言う母の声がした。

「……」

「あっちゃんが呼びに来たから、『カリンはきょうは学校休む。』って、伝えておいたよ。良く寝てたから、おかあさんも起こせなかった。朝ごはん、食べに行ったら？」

秋なのだろう。母の声まで澄んで、あたしの胸の奥に届いて来た。

「おはよう。きのうじゃなくて、けさは、ごめん。でもわたし、なんだかすっきりした。なんだかとても、いまが好もしいんだよ。なぜだろ。」

あたしは言った。母が外から入って来る気配がし、

「なに言ってるの、カリン。それはあなたが、ずる休み出来たから。だれだって、『好もしい。』に決まってる。大げさ、大げさ。」

と言った。

食堂で朝ごはんを食べたあと、外に出た。山側の遊歩道に近いベンチに腰かけて、あたしはなにも考えずにいた。時間というものが、ただ過ぎて行くことの、心地良さである。二十分ほど経ち、あたしの十メートルほど先の遊歩道を、右の方から車椅子が押されて来て、前を通り過ぎたあたりで止まった。支援施設の南隣りには空地を隔てて老人ホームがあり、二人はホームからやって来たのである。車椅子には白髪の女性が座り、介護の若い女性が押していた。

――パラグライダーがお目当てなんだ。

と、あたしは思い、山並みの上の空を探したが、一機も飛んでいなかった。

くっきりと迫って見える山並みは、名山から日本海に伸びる長大な尾根の、ここから先は里山になってしまうという、最後の雄々しきすがたで、下から見上げてひときわ高いピークは展望台になっていた。展望台の近くには池塘《ちとう》のある草原があり、草原の一端のもう一つのピークに、パラグライダーの「空の基地」(標高七百メートル超)があった。パラグライダーはここを飛び立つ。ライダーたちは、施設から三百メートルほど山側にある

「地上基地」の、芝生で描かれた（芝生の刈り込みで濃淡が生まれるのである）二重の円の中央をめざして着地するのだった。展望台にはロープウェーが通じ、空の基地へは、尾根の反対側から林道が通っていて、ライダーたちはスクールの車で、空の基地まで運ばれるのである。

「きょうはまだ飛んでいませんね。」

介護の女性が言うと、車椅子のおばあさんがうなずいた。

「でも、お天気がいいですね。秋日和ですよ、山田さん。ですから、しばらくここにいましょう。」

すると――まるでこの介護の女性の言葉を待っていたかのように、大空に、赤と黄に塗られた傘を持つパラグライダーが舞い出たのである。あたしたちはパラグライダースクールに遊びに行くことがあるので知っているが、この傘はキャノピーと呼ばれている。それを母に言うと、母はどれどれ見てみようと言って辞書を開き、それが「天蓋」と訳されているのを知って感激し、誇張でなく、小躍りして喜んだ。「カリン。パラグライダーの上の、横長のパラシュートみたいなものを、天蓋！　だなんて。天才的な訳よ！　わかる？　天の覆いよ。なんてすばらしい人たちが、先人にはいるんだろう。」と。

舞い出たパラグライダーは徐々に高度を下げ、二十分ほども空の散歩を楽しんだあと、老人ホームのそばの小さな神社の森を目印にして、最終ターンした。したがって、神社の森の真上の空で北に方向を変え、ホームと支援施設の先の、上空三十メートルほどの空をかすめて、芝生広場の的《まと》に向かうのである。

パラグライダーが神社の森の上の空にさしかかったとき、介護の女性が、

「パラグライダー、いよいよ近付いて来ますよ。」

と言うと、おばあさんは右腕をゆっくり持ち上げ、人差指を立てて空を指さした。

あたしはこの指とパラグライダーとを交互に見た。すると——またしても不思議な一致が起こり、今度は、まるでこの指に吸い寄せられるようにして、パラグライダーが一気に高度を下げ、低空になったのである。あたしは、ゴーグルをつけたライダーが、おばあさんを見下ろしているのを見た。と同時に、風を切る、ザーッという音とともにパラグライダーは過ぎ去った。

——車椅子のおばあさん、良かったねえ！

あたしはこころのなかで喝采した。女性がおばあさんにかがみ込み、

「ああすごい。もう遠くへ飛んで行きましたよ。山田さん、いい一日でしたね。」

と言った。

「さあ、戻りましょう。少し冷えても来ました。」

車椅子は元の方向にまわされ、おばあさんの体が動きはじめた。素晴らしい時間に、急に幕が下ろされそうだった。

「おばあさん！　ライダーの人が、おばあさんに、空から手を振っていたよ。あたし、ちゃんと見ていたんだから。」

あたしは懸命になって叫んだ。車椅子が止まり、介護の女性があたしに気付いた。

「ここで暮らしている子なの？　ありがとう。山田さんも喜んでいるわ。ライダーが手を振っていたことを話しておきます。」

「きっと、おばあさんの人差指も見えていたと思う。それくらい近かったもの。」

「いい子ね。山田さんは目が見えないから、返事は手の上げ下げでするの。ね、山田さん。」

おばあさんは、さっきと同じように人差指を立てた。

「……。」

その晩、あたしはこの光景を、「わたしの自慢」に書くことにした。タイトルは「天からの贈り物」。天の神様があたしにくれた贈り物でもあった。

――

「天からの贈り物」　〇〇中学一年・唐仁原カリン

こんなことはだれも考えないことだろうから、言われて、「へえーっ」と驚く人と、「なんだくだらない」と一笑に付す人と、二つにわかれると私は思っているのだが、寺の名前の付いた川は、インターネットで検索する限り、全国でも二川しかない。この二川ともが、何と！　私たちが住む北陸にあり、名前をあげれば、常願寺川（富山県）と大聖寺川（石川県）なのである。私が、小学校の二年生まで住んでいた東京・杉並の荻窪には、武蔵野台地の湧水にはじまる善福寺川と妙正寺川が流れていたので、あるいはもっとたくさんあるのかも知れないが、川に限らず、寺の名を持つものに、私は親しみを覚える。ではなぜ、こんなことに私が興味を持ったのか。――それは、いま私たち八家庭約二十人が暮らす母子生活支援施設の目の前の山並みが、寺の名を冠した「六道寺尾根」だからである。

この尾根は名山を主峰として日本海に向かって延々とつづくのだが、以前、私たち中学一年生が社会科見学で、地元の材木屋さんを訪れたときには、樵《きこり》のおじいさんが、「六道寺尾根は又の名を馬の背尾根とも言って、のぼったりおりたり、全部歩き終わるのに、山歩きに慣れた者でも丸二日はかかったもんだ。いまは通して歩く者は滅多にいないがね」と話してくれた。私たちが呆気にとられた顔をしていると、このおじいさんは、「お前さんたちは、……そうか、馬の背が長くてなだらかに隆起しているのを知らんのだったな。鞍をはずした裸馬の美しさを一度は見てごらん。馬の背がどんなものか、あっという間にわかる」と、やさしい顔をさらにくしゃくしゃにしてつづけたのだったが、この尾根の登り口にあるのが、古刹六道寺で、尾根の名は、この寺からとられたのである。六道寺は、支援施設や私たちが通学する小中学校からもそう離れておらず、六道寺があるために私たちは、小さい頃から、六道という難しい言葉の意味を知っていたのである。しかもこの尾根には、その六道にちなんだ六つの峰があり、麓に住む者は、一度や二度はハイキングに行っていて、私も標高の低い方から三つの峰は登っていた。

輪廻の六道に合致する六つの峰を紹介しておこう。六道寺の裏山である血の池山（地獄）からはじまり、子泣山（餓鬼）、犬ケ峰（畜生）、修羅ケ岳（修羅）、人形山《ひとがた》（人間）、高天神嶺《れい》（天）である。血の池山は岩峰で、中でも一番高い峰の直下に小さな池があり、この池の水が血のように真っ赤なのだった。実際は鉄分を含んで赤いのだが、どんなに喉が渇いていても飲めないことから、行者たちの修行の時代から飢渇地獄と言われていた。

子泣山は標高七百二十メートルで、丸い瘤のような山頂に立つと、日本海を一望にすることが出来た。瘤のつづきの草原にはパラグライダーの基地があり、私たちが暮らす支援施設から見上げると、ここから様々な色のパラグライダーが舞い上がり、大空を風に乗り、広い芝生広場を目指して舞い降りるのだった。子泣山の由来は、頂から沢の源流に下りたところに、いまも石垣の跡が残る平坦な土地があり、ここが平家の落人の隠れ里だと伝えられていた。隠れ里は追手が何年にもわたって探索し、それでも見つからなかったが、ある日のこと、赤ん坊が泣いたために見つかってしまうのである。かわいそうな話だが、子を泣かせた母親がどうなるかと言えば、追手が踏み込む前に、仲間の手によって、母子ともに殺されるのである。子が泣くようなら、母が自分の子を自らの手で殺せとでも言うのであろうか。それは無理だと、私は思う。

畜生道である犬ケ峰は、山中でしゃべる言葉が、すぐに木霊《こだま》して返って来るのである。それが、山犬の吠えるようだというので、私たちもこの峰を目指したとき、途中で大声を上げてみると、やはりうるさいほど木霊した。引率の先生によれば、「登山道が沢筋を登り詰めるからだ」そうである。標高千八百メートル近い修羅ケ岳には、大崩の跡があり、天罰を受けて死んだ破戒の僧たちがいまもさ迷っていると言われていた。人形山は岩峰で、遠くから見ると、人が立っている姿にそっくりだった。最後の高天神嶺からは、北陸で一、二を競う名山を真正面に望むことが出来た。高天神嶺の山頂はお花畑で、点在する池塘をのぞくと、神と目が合うと言われていた。

多くの神々が宿る山——夏も沢筋にいっぱい雪が残る名山と、これら六つの峰々は、麓に暮らす私の心に、ときどき生き物みたいに入って来て、信じられないかも知れないが、私に語りかけて来るのである。それを私はどう表現していいかわからないが、私が悲しい時や苦しい時に、かれらは私の流すなみだのひと粒ひと粒となって、私の心を清浄にし、私を落ち着かせてくれるのである。

ある秋の日の、コスモスやススキが、太陽に一番に愛されたくて背伸びする、午後だった。

支援施設の前の遊歩道を、ゆるやかにやって来た車椅子が、施設内の庭のベンチに座っていた私のそばで止まった。車椅子を押す人と乗る人の会話が、ちょうど聞こえるくらいの距離だった。車椅子に座っているのは、岡田さんと呼ばれる、八十歳くらいの白髪のおばあさんで、施設のそばには老人ホームがあったので、そこからやって来たのに違いなかった。おばあさんと介護の女性とは、私に気付かずに山並みを仰いでいた。

視線の先にはパラグライダーが一機、青空に浮かぶ秋の雲を出たり入ったりしながら飛んでいた。このパラグライダーは、六道寺尾根にある子泣山の基地から滑空したものだが、これまでの私の観察では、多いときには七機、八機と空を舞うのである。横長の傘がそれぞれ赤や黄や橙や青に塗られているので、見ていて心が明るくなる。ついでに言えば、ライダーが操作する、風をはらむ傘をキャノピーと言い、これは「天蓋」と訳されている。

私の母は英会話の先生をしているが、この訳を知って、「なんてしゃれているんだろう!」と興奮し、室内を歩きまわったものだ。

「岡田さん、パラグライダーがいよいよ降りて来ますよ」

介護の女性がおばあさんに声をかけると、おばあさんは、パラグライダーの方を見上げ、手を振った。右手の上空から高度を下げたパラグライダーのライダーは二人を知っていて、何かをしようとしているのだった。

「ほら、投げた」

介護の女性がこう言った時には、パラグライダーは私たちの上空を飛び去っていた。投げたものには小さなパラシュートが付いていて、二十メートルほど先の大地に落ちた。

「私が取って来る!」

私は夢中になって叫んでいた。介護の女性が驚いている間に、私は庭の柵を飛び越え、遊歩道を横切って、その落ちたものをひろっていた。

ライダーが落としたものは筒状のもので、それを私は、おばあさんに渡した。おばあさんは私を見上げ、

「ありがと、ね。お嬢ちゃん」

と言った。

「ここの子？　岡田さんが大喜びしてます。本当はみんなの前で開けるのだけれど、あなたがいるから、ここでなかを見てみましょう。岡田さん、いいですか？」

女性がおばあさんに声をかけると、おばあさんはうなずいた。

筒が開けられた。なかからは美しい短冊状の色紙が一枚出て来た。それには、「お誕生日おめでとう！」と書かれていた。

筒を投下したライダーは、このホームに入所している老人の孫で、誕生日を迎えたその月の入所者は、こうした形で、誕生プレゼントの一つを受け取るのだそうである。ホームではこのプレゼントを「天からの贈り物」と呼び、みんなが楽しみにしているのだった。

私の自慢を話そう。それは、――北陸の山間地に生まれた、珠のような、心の交流である。

――

あたしのこの作文は、ぎりぎり締め切りに間に合い、年明け早々に結果発表があって、部門別のさらに上に輝く、特別大賞を受賞した。応募八百五十余編のほとんどが、「自慢の物」だったため、あたしは得をしたのだ。決まると同時に、主催の、県内一の部数を誇る新聞社から支援施設に連絡が入り、後援の教委からは校長に連絡が行った。一日おいて新聞社からあたしに取材の申し込みがあった。そして一週間後には、あたしの記事は一面のトップで扱われ、作文も全文が掲載された。あたしはみんなから祝福された。が、話が大きくなればなるほど、あたしのこころはしぼんで行った。新聞に全文が載るなど考えてもいなかったあたしは、ウソを書いたことを後悔しはじめていた。とうとう耐え切れなくなって、母に告白した。母は、

「道理で話がうま過ぎると思った。大賞をとった子の母親として言えば、大賞はカリンへの天からの贈り物ね。あなたもこの作品を書くことによって、贈り物をもらったのよ。ただ、あなたの年齢でウソを堂々とつくのは良くない。これから老人ホームに行って、新聞を見せて、あやまりましょう。」

と言った。

あのときの山田さんは寝ていたので、介護の女性とホーム長に記事を見せ、あたしは事実を告白してあやまった。二人はあたしを許してくれ、逆にあたしは、次の合同誕生会に招待までされた。

帰り道でまた母が言った。

「カリン。だけど、実際の方が断然、面白かったんじゃない？　目が見えないおばあさんの、曲がって震える人差指を目指して、パラグライダーが降下するなんて。」

あたしは、「曲がって震える」なんて言ってなかったよ、と言おうとしたが、やめた。

読むことも書くことも好きなあたしの、作為というものに対する、はじめての経験は、苦いものだった。

賞状と記念の楯、それから賞品の十万円分の図書券は、タンスの上に飾られた。みんなが見に来たとき、にやつきながら才が、「図書券は換金するのかよ。八割くらいになるぞ。」と言ったので、

「そんなケチなこと、出来るか！」

と、あたしは格好良く一喝した。個人用パソコンはこの瞬間に夢と消えた。

§

あたしの親友は敦子で、これは厳として動かないのだったが、小中を通じてほかに友達はいないのかと言ったら、あたしには仲の良い友が、――あまり認めたくないが、――いないのである。支援施設が仲間で成り立っていて、砦みたいになっているから、クラスのみんなが近付き難いのと、あたしの、負けず嫌いで突っ張っている性格がそれにさらに輪をかけているからだった。仲が良いということで言えば、隣りの町の中学に通う二歳上の捨がいた。あたしが小六のときに、中学校で開かれたバスケットボールの県大会でやって

来て、補欠ながらも途中から出場して活躍が光ったのである。以来、三度ほど試合を見に行き、捨もあたしがいると声をかけて来るようになった。捨の家は大河の下流にあるので、鉄橋近くの公園で何度か会い、話をした。けんかの仕方を教えてくれたのも捨で、才や健太郎を黙らせるのにも、捨の名前を出すと効果は抜群だった。

「カリンは背が低いから、自分より背が高い相手とけんかするときは、こう——肩を聳やかしながら、横顔というか横の頬を相手に押し上げるようにして、——威圧するんだ。」

と捨は言い、あたしが、「横の頬」と聞いた途端に吹き出すと、真面目な顔をして、

「横頬も変だろうが。カリンは言葉にうるさ過ぎるんだよ、まったく。」

と言った。こんなことを話せるのは捨だけで、捨のあけすけなところがあたしは好きだった。

あたしが中一になったときには、捨は次のことでも心配してくれた。

「カリン。おまえ、変な歌、歌うって、うちの中学でうわさになってるぞ。」

いつもの公園で話していて、捨が言った。そしてはじめて、なれなれしく、あたしの髪をさわったのである。

「やめろ。」

あたしはその手を、首を振って振り払い、まともに怒って言った。

「事実を言ったままでだよ。聴いたぞ、その歌。——だれだって、一度聴いたら、忘れっこないぞ。歌ってやろうか。」

と捨は言い、またさわろうとした。いつもはスポーツマンらしい捨のいかつさがあたしは好きだったが、このときはいかつさが変ににたつき、いやらしかった。

「聴きたくもないよ。あちし、帰る。」

あたしが立ち上がると、

「カリンが歌っていた歌を、教えてやるよ。聴かされたおれの方が恥ずかしかったぞ。

♪あったり×××ちぢれっけ。

こうだろう？　認めろよ。ほんとにおまえは、……どういうつもりで、みんなの前で、こんな歌、歌ったんだよ。」

「一、二度、口ずさんだだけだよ。あちしたちのところじゃ、歌われているんだよ。ちっともおかしくないよ。」

あたしは無性に腹が立った。捨が急になれなれしくなったのも、この歌のせいだと思った。

「おまえは、自分で不良だってことを、この歌で認めたんだぞ。だれがこんな歌を歌っているのか、おまえ知ってるのか。バイタなんだぞ。」

「バイタってなんだ。」

「おれも知らないけど、いかがわしい女のことだろ。」

「バイタで悪かったね。帰る。」

あたしは後ろを振り返ることなく帰った。

支援施設では、この、節の付いた歌というより一行《いちぎょう》は、母子寮の時代から、口ずさまれつづけて来たのである。あたしが聴いたのも、何人かの母親からだった。変わっているのは、流行歌かなにかの曲の一節らしかったが、この一行だけしか、だれも、口ずさまない、あるいは歌わないのだった。最初に聴いたときは意味がわからなかったが、いつの間にかそれが、「あたしの×××、縮れっ毛」であり、口ずさんでいるのが娼婦たちであることもわかった。と同時に、それゆえか、大人に意味を聞いてはならないものだと、あたしは悟っていた。自嘲とも痛罵ともとれるこのフレーズが、どんな状況で使われたのか、いまもってあたしにはわからない。しかし、捨を置いて帰ったときも、あたしは次のように、この一行を使ったのである。

——捨のバカ野郎。なにがバスケの選手だ。ちょっと顔がいいからって、調子に乗るなよ。あちしはおまえのなんでもないんだからな。♪あったり×××ちぢれっけ。

面白くないときや、相手をこころのなかで罵りたいときには、妙にぴったりと、気持ちを代弁してくれるのだった。

次の週の土曜日に、捨が自転車をこいで、支援施設を訪ねて来た。女管理人は捨のかっこ良さと背の高さに驚きながら、あたしを部屋に呼びに来た。母は不在で、外で会うと、捨は、この前のことをあやまりに来たんだと話した。あたしと支援施設の周囲を歩きまわった捨は、「環境いいな。」をバカの一つ覚えみたいに繰り返した。それはすぐ後に理由がわかることになるのだが、捨は山並みを前にして、あたしがイラつくほど長く突っ立ち、自分のなかのなにか——きっと、もやもやした塊りのようなものだろう——と、対決しているように見えた。

「空気悪いけど、うちにも来いよ。」

支援施設には共用のママちゃりがあり、あたしはこれに乗って捨の家に行った。

捨は、お金がないと良く言っていたが、その家は、汚ないを通り越し、空気悪いでもまだ足りず、言語に絶する酷さで、その暮らしぶりは、貧乏も貧乏、極貧と言えた。捨はバスケの仲間と話していて、それが他県への一泊の遠征試合になったとき、「おれんち、ほんとに貧乏なんだよ。遠征費用なんてどこにもねえよ。」と、ストレートに言っていたが、その極貧は誇張などではなく、正真正銘の事実だったのだ。

日本海を目指す大河は平野に出ると、三つほど集落を過ぎたあたりで一度蛇行し、その蛇行によって方向を真北から北西に変えて流れて行くのである。大河から引かれた用水は何本もあって、さらにそれらが水脈として網の目状に広がり、流域の田畑を潤すのだった。蛇行の頂点とも呼べるところには、四十年ほど前に巨大なコンクリート製の取水堰が新しく設けられていた。この取水堰は灌漑用水用でもあったが、その目的のメインは、百年に一度の洪水を防ぐためであって、遠いむかしの暴れ川は、いまなお完全に治まっていないのだった。

両親と姉の四人が暮らす捨の家は二階建ての古い木造アパートで、大河の護岸と取水堰からの用水の護岸とによって、南と東の二方を塞がれるかたちで、建っていた。低地で、護岸に近接しているのは、護岸工事の作業現場の建物を改造してアパートにしたからである。集落から五百メートルほど離れたところに取り残されたように建つアパートの前で、あたしたちは自転車を降りた。

「こんなぼろアパートに、六世帯住んでるんだぜ。驚いたろう？」

捨はあたしがどんな反応をするか、興味深そうに聞いた。

「ネズミがいっぱいいそうだね。」

あたしの拒絶反応はこんな言葉をもたらし、あたしが施設の子でなければ、捨はあたしを呼ばなかっただろうという思いが、あたしを暗くさせた。あたしは、極貧の捨に、選ばれたのである。

「ネズミか。良くわかってるじゃないか。」

と捨は言い、視線をアパートの奥にやった。そこには小さなプレハブ小屋が建っていた。

「あそこが共同の、トイレとシャワー室と洗濯場。尻出してると、ネズミに噛まれるぞ。のぞいて見るか？」

と言った。

「イヤだよ。掃除だってしてないみたいじゃない。」

「トイレは目をそむけたくなるほど便器が汚れているけど、シャワーと洗濯機だけはふつうなんで、おれも我慢が出来る。おれのスポーツウェアーは全部ここの洗濯機で洗うから、コインランドリーに行かずにすむ。すごいだろう。せっかく来たんだから、部屋をのぞいていけよ。」

「イヤだ。もう帰る。」

「親父が待ってんだよ。カリンのこと。」

捨がドアを開けたので、体を半分入れてなかをのぞき込んだ。

一家は一階で、捨は四畳半と六畳と言っていたが、襖がはずされていて、細長い十畳ほどの空間があり、奥にぼんやりと日が入る窓が見えた。押入れらしきものはなく、布団やら衣類やら段ボールやら座卓やらが、室内にぐちゃぐちゃになってぶちまけられていた。手前左が流しで、ここの横長の窓から光が入っていたからわかったが、流しのなかには、コンビニ弁当のプラスチック容器が山と積まれていた。においも甚だしかった。

「親父。連れて来た。」

捨があたしの後ろから声をかけた。気が付かなかったが、室内の真ん中あたりに布団が敷かれ、人が寝ていたのである。体を起こしたので、それとわかった。暗がりから声がした。

「おお、帰って来たか。タバコ、吸わせてくれよ。おまえがいないと、お許しが出ないからな。」

捨の父親だった。前に捨が言っていたことだが、捨の父親はタクシー運転手をしていて、交通事故を起こしてからはほとんど寝たきり状態なのである。

「おれ、帰ったから、タバコ吸ってもいいよ。飯食った?」

捨はあたしの脇を器用にすり抜け、靴もいつの間にか脱いでなかに入っていた。その声は明るく、バスケの試合中でもあるかのように元気だった。捨がこの、ゴミ溜めみたいなところにいて、それでも快活であることに、あたしは驚かされた。

「ねえちゃん、捨の友達か。」

「違う。来い、と言うから、来ただけだよ。」

「そりゃ、悪かったな。良く見えないから、こんなことが起きる。もっと入ったらどうだ。そうすりゃ、捨の友達か、ただのねえちゃんか、良くわかる。」

父親はこう言うと、暗がりのなかで手招きした。捨が父親のそばでごそごそやっているのは、汚物を処理しているからに違いなかった。

——だれが行くものか。

と、あたしはこころのなかで叫んでいた。

「とうちゃん。こいつ、カリンと言って、おれの追っかけなんだよ。バスケの。」

と捨は言い、すぐに、「なっ。」と付け加えた。

「おまえも偉くなったもんだ。そこのねえちゃん、顔をもっと見せてくれ。捨を好きだと言う、そこのねえちゃん、よう。」

「カリン、入れよ。それで来たんだろ？　ここは汚ないけど、おまえのところもここも、そう違いはないぜ。」

——その手には乗らないよ。あたしをなめるな。

あたしはこう思い、母の顔を思い浮かべ、母に黙ってここに来たことを後悔した。なんであたしはこんなところにいるんだろ——あたしは泣きたかった。このままずるずる行けば、もう引き返せない気がした。あたしたちも、捨の一家のように、お金は無いが、あたしたちは荒《すさ》んではいなかった。捨には悪いが、あたしは少なくとも、生意気であろうが不良であろうが、まだまだ昂然！　と顔を上げていたいのである。

「あちし、もう帰る。一人で帰れる。おじさんも元気でね。捨、ありがとう。いろんなものを、いっぱい見たよ。」

あたしはこう言って、ドアを閉めた。帰り道で、

――もうここには、絶対来ない。来るもんか。

と思った。

その後、捨が高校進学をあきらめ、建設会社に就職することを、風のうわさであたしは知った。就職先は、日本海に近い中堅都市で、これだとあのぼろアパートから通えるのである。進学してバスケをつづける夢を断たれた捨！　しかし、がたいが大きい捨には、体を使う労働はぴったりだし、タバコが生きがいみたいなあの父親のためにも、捨はがんばるだろう。何年かして再会して、捨がよれよれになっていないことを、あたしは近くの神社で祈った。

「捨。ふて腐れずに、ちゃんとやれよ。おまえの父親はなぜかダメだったけど、祖父は県会議長だったじゃないか。捨は、世が世ならば、◯◯捨次郎家の当主なんだからな。堕落

するなよ。」

あたしは口に出してこう言った。だれもいなかったが、山の天狗様だけは聞いていてくれるだろうと思った。

§

いままでのものを全部捨てて、新しくやり直そうと思うときって、ないだろうか。あたしは生まれ変わり、人生というカンバスがあるとすれば、真っ白いそのカンバスに、あたしの新しい人生を、過去に縛られることなく、自由に描いて行くのである。これが出来たら、どんなに楽しいことか。新しいあたしは、希望にあふれ、前だけを見て、胸を張り、意気揚々と進む。生まれて来て、もう十年以上は経ったが、まだ決して遅くはないのだ。やり直し！

中一の冬に作文で大賞をとったあたしは、中二になったら、絶対に生まれ変わろうと思っていた。そう思える理由はあって、それは、クラス替えである。あたしたちの中学では、中二でクラス替えがおこなわれ、中二、中三が一緒だった。中学の場合は五クラスあって、みんながもう一度バラバラになるので、中二の新クラスであたしのことを知っているのは、五分の一だけになる計算だ。残りの五分の四は、いろいろあたしの悪いことは聞いて知っていようが、基本的に白紙であることに間違いはない。目の前のあたしがうわさと違えば、違った（良くなった）方を絶対に取る。しかも、これも新生への大きな要素だが、先生も代わる！　のだった。中一のときのあたしの担任は、数学の、それもかなり年配の女教師で、すでに教え子に夢を託すというような意欲を失っていたから、なおのこと、あたしは新しい担任に期待したのである。

受賞で自信を付けたあたしは、

――新しい担任の先生と、新しいクラスのみんなに、新しいあたしを見てもらうのだ。おお！　新生カリン、大いに進め！

と思った。ようやくにしてあたしは、浮上し、飛躍し、これまでの苦闘を糧にしつつ、高みへと飛び出すのである。

新しいクラスはあたしがBで、敦子はEだった。体育館では入学式を兼ねた全校朝礼がおこなわれ、そのあと、一、二年生は新しい担任に引率されてそれぞれの教室に向かった。あたしのクラスの担任は男の先生で、県都に近い町の中学校から転任して来たのだった。年齢は母より少し上の感じで、四十歳を越えているようだった。歩きながらだれかが、「おれたちの担任は体育の教師だ。」と教えてくれたが、教えられるまでもなく、首から上の日焼けが際立っていた。

席は決まっていた。その座席表を見ながら、あたしたち三十余名は、それこそ大騒ぎをしながら、決められた自分の席に着いた。着席しても、知っている者同士でめくばせしたり、「おまえが隣りかよ。」みたいな小さな声が、新しいクラス中に飛び交った。

そんな有り様を、黒板を背にして立った担任の教師は、ひと言も発せず、ただじっと見ていた。

あたしは最前列の窓側で、担任机に近かったが、外が見られるので満足し、やがてみんなは静かになった。

ようやくみんなは担任をまともに見た。それは担任を無視したのでもなんでもなく、あたしたちは担任に見られていることを意識しつつ、なんとなく気恥ずかしいため、そわそわと落ち着かなかっただけなのである。が、この教師には、そういうことが通用しないようだった。

「みんな席に着いたな。」

と言い、つづけて、「良し。」と大きな声で言った。「良し。」は、「それで良し。」なのだろうが、この場合は、「良し。」だけなので、びしっとした感じで、あたしたちに伝わった。

教師の体は引き締まっていた。しかし、体育の教師としては小柄で、良く動く目で、あた

したちをしばらく見渡していた。あたしたちがその異常な静寂に耐え切れなくなったとき、

「おまえたちはまず、私語が多い。私語が多過ぎる。」

と、命令口調で言った。そして、自ら一歩前に出て直立の姿勢をとると、

「席に着いたまま、『きょー、っけっ。』」

と、号令をかけたのである。

新しいクラスの、始まりが、この号令だった。号令は教室中に響き渡った。まったく予期しないことだった。あたしたちは戸惑い、顔を見合わせた。校庭でおこなわれる全校朝礼の、「気を付け、休め。」には慣れていても、席に着いたままでの気を付けなど、だれも体験したことがないのだった。

――なんだよ、これ。

――ウソ。こんなの。

――おれ、知らねえよ。

口には出さなかったが、こんな声があたしたちのなかに渦巻き、落ち着かなかった。と、またもや先程の号令が飛んで来たのである。

「もう一度言わせるのか。おまえたち！」

「……」

「席に着いたまま、『きょー、っけっ。』」

わからないながらにみんなは、今度は、全員がムチに打たれでもしたかのように、席に座ったまま、背筋を伸ばしていた。

「それで良し。言えば出来るじゃないか、おまえたち。これから、いつでもこうであるように。」

と言った。次に教師は後ろを向き、黒板に向かってチョークで自分の名前を書くと、元に戻り、

「では、わたしの自己紹介をはじめる。」

と言った。教師は大学までバスケットボールをやっていて、国体にも出場し、しかし身長が一七二センチしかないので苦労したというような話を、ひとくさりした。あたしたちが姿勢を正していることに疲れた頃、ようやくあすからの授業にふれた。が、それはごく簡単で事務的で、要するに、担当の教科の先生の言うことを良く聞くように、と言うだけで、終わった。

きょうという新たなスタートの日にあたって、あたしの期待の方が大き過ぎたのかも知れなかったが、あたしたちが中学二年生としてなにを求め、そのためにはどうしたらいいのかを、まず聞いて欲しかった。難しい言葉などを欲している訳ではなく、「勉強しろ。」

でも、「こころざしを高く持て。」でも、「友達をつくれ。」でも、「毎日走れ。」でも、「泣きたいときには存分に泣け。」でも、「少しは思想的なことに興味を持て。」でも、——要するに気を付けの号令以外なら、——なんでも！　良かったのだ。

あたしはきっと、仏頂面か渋面か、いずれにしろ面白くない顔をしていたに違いない。

教師は話の最後にあたしの顔を見ると、

「唐仁原。当面はおまえが先生との連絡と、起立、礼の指示をするように。」

と言った。だれがどこに座っているかは、もうこの教師の頭のなかには完璧に入っているようだった。

「わたし、ですか？」

あたしは教師を見上げながら聞いた。

「そうだよ。いま言っただろ。『先生に二度言わせるな。』と。先生はおまえが適任だと思うから、おまえにしたんだ。言われたら、言われた通りにすればいいんだよ。」

教師は苛々して言った。あたしは下を向いて、黙った。なにかが違っていた。あたしのなかに張り巡らされた血管のなかの血が、ざーっと音を立てて流れた。「イヤなことはイヤだと言えばいいのよ。」と、口癖のように言う母の言葉がよみがえった。

——あたしはイヤだ！

もうなにもわからずに叫ぼうとしたときだった。後ろの席から、

「先生。唐仁原じゃ、無理です。」

と言う男の生徒の声が上がった。みんなが、後列の真ん中にいるその生徒を、椅子に座ったまま頭だけ動かして見た。かれは遠田君といって、一年のときには違うクラスだったが、あたしは顔だけは知っていた。それは遠田君が、学年テストでいつも三番以内の点数をとるからだった。

すかさず、教師の声が飛んだ。

「いま言ったの、だれだ。遠田か。立て。」

遠田君は悪びれずに立った。遠田君はあたしとおなじくらいにまだ体が小さかったから、学生服が大き過ぎてだぶついていた。遠田君がこの教師を前にして平然と出来たのは、自分の頭の良さを自覚していたからに違いない。

「先生は、おまえたちのことは、全部引き継ぎを受けているから、良くわかっている。遠田は一年の点数が良かったな。——おまえに聞く。おまえがダメなものは、なんだと思う？」

「わかりません。」

遠田君が即座にこたえた。

「その態度だ。おまえは、態度がなってないんだよ。」

そして、――ああ、神様！　どうしてこんなことになるのでしょう。いまから思えば、担任で体育のこの教師は、「気を付け」の第三弾目をちゃんと用意していて、その生贄《いけにえ》をだれにするか、探していたのだ。

教師の口から、剣道の気合のような、鋼《はがね》のように鋭い声が繰り出された。

「気を付け。

きょつけ。

キョー、っけっ。」

最初の「気を付け。」は、抑揚が殺され、あくまで腹の底からだった。

二つ目の「きょつけ。」は短く、かみそりで切るように。

最後の「キョー、っけっ。」は、誇らかで高らかで、人を動かすのを楽しむように。

猫背に見える遠田君の体は、気を付けのひと声ごとに撥ね上がり、ついには直立不動のすがたをとらされた。

「唐仁原の、どこが無理なんだよ。シングルマザーが駆け込む、母子生活支援施設に暮らす、かわいそうな生い立ちの連中だからか。――だとすれば、おまえは、そういう連中を差別する人間なんだな。それとも、そんな生い立ちの唐仁原が、作文で大賞をとったことへのやっかみか。だとすれば、おまえほど、仲間を蹴落として自分だけ良くなろうとする者もいないな。いずれにしろ、遠田、おまえは見下げ果てたヤツだ。そういうのを、どんなに頭が良くても、人間のクズと言うのだよ。根性が曲がっているヤツを、おれは叩き直す。」

もう遠田君を見ている者はだれもいなかった。みんなは前を向き、姿勢を正していた。

「もう一度、キョー、っけっ。」

あたしたちは、新学期の一日目にして、目の前でいきなりバットを振り回されるような、言葉の暴風によって、なぎ倒されたのである。

なみだが止まらなかった。

「遠田。唐仁原が泣いているぞ。あやまれ。……それとも、ほかに理由があるのか。」

遠田君を抑え付けることに成功した教師は、急にやさしい口調で言った。とげとげしさは消え、目まで笑っていた。

——あたしは別に、そんなので泣いている訳じゃない。これは悔しなみだなんだよ！

おまえにわかるか！

あたしはこころのなかで叫んでいた。教師の言い方は、遠田君をやっつけるようでありながら、あたしを深く傷付けたのである。

「では、言います。これは唐仁原さんを困らせようとして言うのではなく、事実だから言うのです。みんなも知っていますが、唐仁原さんは一年のときに、エロな歌を歌っていて、――だから、少なくとも、クラスの代表のようなことは、やれないと思います。」

「歌のことは、なにも聞いていないな。」

教師は渋い顔をして言い、大きな目で、あたしの瞳のなかをあからさまにのぞき込んだ。

「唐仁原。それはほんとうか。」

「……」

「みんな、直れ。唐仁原、立って歌ってみろ。」

あたしは生まれ変わりたかったのである。しかし、まわりはそれを許さなかったのだ。

あたしは負けたのである。甘かった。このまま教室を飛び出し、一人になって、腕組みでもして、自分に、「おらおら、どうすんだよ、カリンねえちゃん。なんとかしてくれよ。」と声をかけ、「あちしたちって、こんなもんだよ。ドンマイ、ドンマイ。」と言えるくらいになってから、教室に戻り、言いたいことを、二人にぶちまけてやりたかった。

「みんなの前で歌えないほど、いやらしい歌なのか。」

「そんな歌のこと、わたしは知りません。」

「先生、唐仁原はウソをついています。」

あたしがウソをついたのは事実だが、こんなことを淡々と言う遠田君が、あたしには信じられなかった。

「まあ、いい。唐仁原はあとで職員室に来るように。それから、先生との連絡と起立、礼は、当面は遠田にする。B組は、これからほかのクラスの模範になるようなクラスになる。そのためには、おまえたち一人一人が、きちっとして行動しなければならない。一人が、みんなの足を引っ張るようなことが、あってはならない。わかったな？　唐仁原。」

あたし一人が悪者になっていた。

こころが荒寥となって、あたしはにっちもさっちも行かなくなり、くちびるを嚙みながら、「へえーだ。バカ野郎。おまえらのことなんか知るもんか。あったり×××ちぢれっけ。」と、あのフレーズを、胸のなかに押し殺してつぶやいた。一方で、

――遠田！　小ざかしい真似をして。後でぶん殴るからな。

あたしはこう思い、遠田君の顔をにらみ付けてやった。かれはまばたきひとつせず、あたしを無視して立っていた。

「二人とも、――とにかく唐仁原は、教室の掃除がすんだら職員室に来い。遠田、きょうはこれで終わる。あしたから平常の授業がはじまるからな。B組の生徒は、しっかりやってくれ。」

教師は出て行き、あたしたちは掃除をはじめた。何人かが声をかけてくれたが、あたしはこたえなかった。

職員室は広い校庭に面していて、窓際の一部にソファーコーナーが設けられていた。あたしが職員室に入ると、「ん」はそこにいて、立ってあたしを手招きした。あたしの担任で体育の教師を、「ん」と呼ぶことにした理由は後で述べるとして、あたしと敦子は、あたしたちが死ぬまでこの教師のことを忘れないように、「ん」と命名したのである。

「まあ、その椅子にかけろよ。」

と、「ん」は言った。それから、

「新しい教え子と最初に話をするのが、唐仁原になるとは、な。先生は、唐仁原が作文で特別大賞に輝いたときは○○町にいて、新聞を読んで、逆境にありながら、すごい中学生がいるものだと、感心したんだぞ。だからおまえがおれのクラスになることを知って、喜んだ。特別に気に入ったからこそ、先生との連絡係りにしたんじゃないか。それが、どうだ。——」

あたしは、入学式からはじまって、まだ三時間ほどしか経っていない、さっきといまの差を思い、愕然としていた。この間に、あたしの新生という希望は、ことごとく潰されてしまったのである。あたしは自分の生《せい》が、よっぽど天から見放されたものだと思わざるを得なかった。

「ん」はこう恩着せがましく言った後、本題に入った。

「歌については、二、三人の先生に聞いてみたら、——おまえの言ったことより、遠田の言うことの方が正しいことがわかった。おまえは平気でウソをついたな。おれがさえない顔をしているのも、わかるだろ？　おまえはおれのなかで、最初の問題児になったんだよ。これから、どうするつもりだ。」

あたしは椅子に座ってうつむいていた。

「おれが女の先生だったら、卒倒してるぞ。おまえのおかあさんのことも聞いた。いまでは町の有名人じゃないか。」

「……。」

あたしはこたえなかった。

「あの歌を歌いもせず、こころを入れ替えるとも誓わず、それですむとでも思っているのか？　まあ、いい。そのうちわかるだろう。先生はきょうはこれから親睦会があるので、いつかまた、ちゃんと聞く。」

「……。」

「行って良し。」

「ん」は、あごをしゃくった。

校門の脇に大きなイチョウの木があって、まだほとんど芽吹いていなかったが、木の下で敦子があたしを待っていた。中学では室内よりも外で待つことが多くなったのである。冬は大雪でここでの待ち合わせは無理だったが、いつも自然を前にして立っていると、大いなるものがあたしを包んでくれているようで、気分的にすっきりするのだった。

「少し遅かったね。」

敦子は言った。顔を曇らせているのは、あたしのクラスのだれかから、様子を聞いたに違いなかった。

「呼ばれちゃったよ。」

「聞いた。担任が体育の先生だって？　あたしのクラスは、こっちも転任して来た国語の先生。丸っこくて、にこにこして、一日目からみんな、笑いっぱなしだよ。」

「……」

「カリンが、これからも叱られつづけなければいいけどね。」

「気が滅入るわ。」

「で、呼ばれて、……なんだって言うの？」

「あの歌のこと、聞かれた。」

「カリンもバカだね。自分から言ったの?」

「あたしが言う訳ないじゃないの。ちくられたんだよ。」

「だれに。」

「それはどうでもいいよ。そのうちあたしが蹴りを入れて、まいったって言わせるから。——だけど、このことはあたしの母にも、みんなにも内緒だからね。」

「あいよ。そんなことわかってる。あたしとカリンに起こったことは、二人だけで解決するのが決まりだもの。それであたしたち、ずっとやって来たんだもの。だれにも言わないよ。」

あたしは、帰る道々の、敦子との会話で、ずいぶんと元気になった。やっぱり敦子は、あたしの親友だ。

二週間ほどして、あたしたちはそろって遅刻した。通学で使う長い坂の途中には、西に折れるかたちで町に向かう急な石段があった。百段近い石段を降り、町を抜けて大河のそばにある中学に向かうのだったが、朝いつものように支援施設を出て、石段を降り切ったあたりで、敦子がトイレに行きたくなったのである。近くには、近在でも一番大きいお寺があって、そこに行けば参拝者用のトイレがあった。

「あたし、走って行って来るからさ、カリンは先に学校に行っててよ。」

敦子はこう言ったが、結局あたしも付いて行き、ふたりとも十五分ほど遅れたのである。理由は言ったが、一緒に遅刻したことで、あたしたちは放課後、「ん」に教頭室に来るよう言われた。敦子の担任もこれは了解していて、ぶつくさ言いながらも、あたしたちは行った。校長室は立派だが、教頭室といってもここは教師たちが自由に使える資料室のような八畳ほどの部屋で、長机がひとつ置いてあるきりだった。あたしたちは、「ん」と向き合って座った。

「ん」は苦虫を嚙みつぶしたような顔をしていたが、すぐには理由を聞かなかった。敦子を見て、

「望月は先生の体育の授業で、鉄棒の逆上がりがワーストだぞ。体が大きくてもちゃんとやれる生徒がいっぱいいるんだから、一学期でやれるようになれ。おまえたちが一緒にいるのは仕方がないが、望月、唐仁原からはいいことだけを学べよ。いいことだけをな。」

と言った。随分な言い方だったが、遅刻したのがあたしたちだったから、黙るしかなかった。つづけてあたしを見て、

「で、一緒に遅れた理由は?」

と、「ん」は、教室で聞いたことをまた聞いた。あたしが、「望月さんが途中でトイレに行きたくなり、」と言うと、最後まで聞かずに、「そういうことではなく、一緒になぜ遅れ

たんだよ。」と、吐き出すように言った。

「それは、唐仁原さんが待っていてくれたからです。」

敦子が大きな体をゆすり、人が良さそうに言うと、「ん」は苦笑いした。

「一緒にということ、すなわち二人そろってということは、二人で意図して、とも、とられるんだよ。二人で示し合わせたとしたら、これは大変なことなんだぞ。わかるか？　二人とも。」

「これからは、望月さんを置いて行きます。」

「皮肉か？　唐仁原。だからおまえはかわいくないんだよ。口ごたえするなよ。そんな根性だから、あんな卑猥な歌を歌えるんだよ。『あったり×××ちぢれっけ。』を、わたしは知りませんなんて、良く言ったよ。猛省しろ、唐仁原。」

「唐仁原さんは、……先生、カリンはそんな生徒じゃありません。」

「おまえたちは、かばい合うつもりか。」

長机を隔てて座っていた「ん」が突然、背筋を伸ばした。

——あっ、はじまる。

と、あたしは直感した。

「座ったまま、きょーつけ。きょつけ。」

そのときどきで鋭さが変わる、あの、「ん」得意の号令が飛んだ。

あたしの脳は反発したが、体の方がいうことをきかなかった。悲しいことだが、あたしは姿勢を正した。この二週間、あたしたちのクラスでは、男女を問わず何人もが、姿勢が悪い、口ごたえする、返事がないなどと言われて、気を付け三連発の洗礼を受けていたのである。そのたび、クラスのみんなが、反発をあきらめ、姿勢を正さざるを得なかったのだ。いつの間にかあたしたちは訓練させられていた。しかもこのことは、単にあたしたち二年B組だけにとどまらず、全校生徒にまで浸透していたのである。わずか二週間！ 毎日の全校朝礼で、校庭の台上に立つ「ん」は、誇らしげに顔を輝かせ、得意満面で絶叫しつづけたのだった。たとえば、「キョー、っけっ、きょつけっ。……直れ。三年生のA組とB組、だらけている。それで新一年生の模範になれるのか。やりなおーしっ、きょつけっ」。「ん」の号令は、山河をも威圧するかのようであり、校長や先生たちまでもが、それに倣《なら》い、立ったまま身を正すのだった。

「唐仁原は良し。望月はなってない。」

敦子も、あたしたちが最初にやられたときのように、「座ったまま、きょーつけ。」の意味がわからないのだった。敦子はきょとんとし、あたしがぴんとしているのを、不思議なものでも見るように、見ていた。「ん」はにやにや笑いながら、

「望月！　おまえってヤツは、——おれも長くやっているが、ほんとに面白いなあ。」

と言った。そして立ち上がると、長机の端を拳《こぶし》でこつこつ叩きながら、前に座っていた敦子の後ろにまわったのである。椅子は会議室用のパイプ式の丸椅子で、背もたれがなかった。

「いいか。背筋は、こうやって、しゃんとする。」

左手で敦子の肩を摑むと、右手の平で背骨を、首から尻の方まで、指圧するように押しながら、下ろして行ったのである。

「もう一度、やる。今度は脇腹をさわるから、笑うなよ。『気を付け』と言われたら、両腕を下げて脇腹に付けるように伸ばし、——ここが脇腹だよ、ここが——そして同時に、背骨を張る。これが、『座ったまま気を付け』だ。ついでに、立ったままの方も教えてやる。」

「ん」は両肩を摑んで敦子を立たせると、

「もっと胸を開く。こうだ。」

と言いながら、敦子の両肩を後ろへ反らした。敦子の肩はなで肩で、中学生にしては大きな胸が突き出た。「ん」は、「胸を開く。」を、声をかけながら何度かやった。途中で一度、「おまえのはでかいなあ。」と言った。金縛りにでもあったような敦子は、「ん」のなすがままになっていた。

「やっとわかったようだな。気を付けは、これで終わる。」

「ん」は元の椅子に戻ると、スポーツマンがよくやるように首を二、三度振ってコキコキさせ、さあ、これからだぞ、という顔をした。緊張をとかれた敦子は油断していたが、あたしは身構えた。次になにが飛び出すか、「ん」は得体が知れないのである。

「ん」は軽く咳を一つしてからあたしたちの顔をながめ、それから口を開いた。

「きょうの本題に入る。気を付けで終わると思ったら、大間違いだぞ。おまえたちはどう思っているか知らないが、おまえたちのような人間を、無一物と言うのだ。無一物、む・い・ち・ぶ・つ、ムー・イチ・ブー・ツ。無一物がなんだかわかるか。——わからないだろうから、いまから、おれが教えてやる。無一物とは、社会のお荷物ってことだよ。おまえたちは、なにも持っていないだろう？　なにもないだろう？　それが無一物だ。社会がおまえたちを食べさせてくれるから、おまえたちは生きていける。そうだろう？　こんなこと、みんながわかっているにもかかわらず言わないのは、言うと面倒なことになるからだ。マスコミとか教育委員会とか、おれがいま言っていることが公になったら、おれは危ないだろう。だが、おれは、おまえたちのために、言うのだよ。ここからが大事なことだ。——いいか？　無一物のおまえたちは、絶対に他人様に迷惑をかけてはいけないのだ。

おまえたちは、学校に通えるだけでもありがたいのであり、『ありがたい、ありがたい』と言って、生きていかなければいけないんだよ。唐仁原！　×××の歌なんか、歌うなよ。歌うくらいなら、おれにここでおまえの×××を、裸になって、見せてみろ。あの歌は、そういう歌なんだよ。二人とも！　一緒に遅刻なんかするな。おまえたちがなにを考えているか、先生たちに心配させるな。おまえたちが先生を悩ませることがあっては、絶対にいけないんだよ。」

言い終わると、「ん」は、両手で組んだ腕を頭の上に置いてふんぞり返り、あたしたちを睨《ね》めまわした。

「ん」って、一体何者だろう。これはのちに、母と仲のいい生水先生から聞いたのだが、――生水先生は、先生が中学一年生のとき、偶然にも「ん」とおなじクラスだったことがあるのである――県都に生まれた「ん」は厳格な教育一家に育ち、国立××大学の学長にまでなった父親への反発から、バスケットボールにのめり込んだのだそうである。「ん」が体育の教師になったときには、父親に、「体育？　体操？　わが家は経済学の家系だ。一家の恥だ。」とまで言われ、これを聞いた生水先生の同窓生たちの方が逆に、「ん」に同情するほどだった。生水先生に言わせれば、そのあたりから生まれたコンプレックスが、「ん」の根底にはあって、ひねくれてしまった精神が今度は、権威主義と結び付くらしかった。あたしなどは、体育の先生でなにが悪い、みんなに好かれる体育の教師なら御《おん》の字じゃないか、あたしたちから見れば十分幸せなんだぞ、と思うのだが、「ん」は独善！でもあって、その凝り固まって他を顧みない生き方には、だれももう手が付けられないのだった。生徒はもちろん、校長や体育以外の先生にも姿勢を正させ、それでほくそ笑んでいる「ん」。なにやってんだ、とあたしは叫びたい。が、そんなことよりなにより、その捌《は》け口を、あたしたち弱い立場の者に向けられては、あたしたちが困るのである。

敦子が駆け込んだトイレのあるお寺の境内には藤棚があって、この日の帰り道、あたしたちは藤棚の下のベンチに腰掛けて、ぼそぼそ話していた。

「あったまくるよねえ。」

あたしが言うと、

「無一物なんて言葉があるんだ。あたしたちが無一物とは知らなかったな。キミコ先生に聞いてみよう。」

と、敦子がとんちんかんな返事をした。

「無一物でお荷物か。……他人様に迷惑かけるな、裸になれ、だもんね。あちしも、あいつにはまいった。捨に言って、大河に叩き込んでもらおうかな。死んだっていいよ、あんなヤツ。」

「あたしも、さわられたしなあ。」

「やめろって、言えば良かったんだよ。」

「カリンだって、裸を見せろって言われたとき、言葉のセクハラだって、叫べば良かったじゃない。裸を見せなきゃならないんだよ！　そうすればあたしは、部屋から飛び出して、職員室でわめいてやったよ。」

「いずれにしろ、あたしたちはダメだったね。なんにも出来なかった。なんか変なんだよ、あいつ。あいつの眼かなあ。爬虫類っぽい、なんでも覗きたがりそうで、かつ——陰でほくそ笑んでいて、いつも獲物を狙っている眼。」

「カリンの担任は、カリンが前に言っていた、『唾棄すべき先生』の一人かも知れないね。」

『唾棄』にはまいったなあ。あのときを思い出す。」

「あたし、次にまたやられても、なにも出来ないかも知れない。体が硬直しちゃって……。とうちゃんにはいろいろやられたからな。体育の時間、これからは休もうかな。」

「変過ぎる、あいつ。だけど、なんとかしないと……。なんとかする方法ってないのかな。」

あたしは考えた。この屈辱を、未来永劫忘れずにおく方法を。そして、——作文を書いていたときがそうであったように、――閃いた。

「あっちゃん。あたしたちいまは、残念ながら、あいつになにも出来ないけど、きょうあったことだけは、決して忘れないでいようよ。ねっ」

「一生？」

「うん。あたしたちが死ぬまで。」

「出来るかな。」

「出来る。」

「どうやって。」

「あいつの名前を、世界で一つしかない名前にすればいいんだよ。あいつのいまの名字だと、ありふれていて、そのうちあたしたちは忘れてしまう。」

「世界に一つしかない名前なんて、あるの？」

「いま閃いた。それは、日本人ならどんな名字も名前も、五十音のア行からワ行までに入っているんだよ。望月はモだし、敦子はアだし、唐仁原はトだし、カリンはカ、という具合に。」

「それは当たり前だよ。」

「でも、――わかる？　あっちゃんにわかるかな？」

「わかーんない。」

　あたしたちは声を上げて笑った。

「ワ・イ（ヰ）・ウ・エ（ヱ）・ヲの後の、ン、だけが、あたしの考えでは、きっと、日本広しと言えど、無いよ。戸籍で、『ん』一文字の人なんていると思う？　『唐仁原ん』も『んカリン』も、絶対いないよ。」

「カリンはやっぱり、無一物じゃないよ。閃きがある！　文学全集を全部読破しただけある。あいつはこれから、『ん』か。『ん』の野郎！　あたしの胸を開くとかなんとか言って。一生この恨み、忘れないからな。」

「教師『ん』！　覚えておけよ。言っていいことと悪いことがあるんだぞ。」

　この日のあたしの「とうじん日和」は、「無一物」と題して、最後の一行にあたしの思いを込めた。

　――敦子といったら、ぎりぎりまで寝て、朝ごはんをかっこんで、飛び出したものだから、学校に行く途中で、お腹が痛くなり、仕方がないからお寺に駆け込んで、トイレを借りた。おかげで二人とも遅刻し、担任にこってり絞られた。「おまえたちは、何も持っていない無一物（むいちぶつ、と読むそうだ）なんだから、他人に迷惑かけるな。」と言うのである。訳がわからない。この担任は、インチキ三段論法を駆使し、あたしたち生徒を煙に巻くだけなのだが、いまは言わせておこう。あたしたちが無一物でないことは、あたしが敦子のためにトイレまで付いて行った、「友情」があることからも、明らかである。了。——

あたしたちが、「ん」に呼ばれ、内容はともかく、散々にやられたことは、二日と経たないうちに二学年中に広がった。掃除が終わって帰り支度をしていると、遠田君が寄って来た。

「あの歌のこと、おれは、ちくるつもりじゃなかったんだよ。」と頭をかきながら言い、「めちゃくちゃ叱られ、おまけに三連発まで食らったそうじゃないか。酷いめにあったたな。」と言った。彼はいつも、同情するのか興味津々なのか、良くわからない言い方をする。だからあまり深く付き合う気が起こらない。母はそういう人を、「実《じつ》がない。」と評するが、あたしのまわりの人間は、みんなどこか歪んでいる。

「あやまりたいなら、ちゃんとあやまれ。ぶん殴ってやろうと思っていたんだぞ。」

と、あたしは言った。すると遠田君は、

「悪かった。あやまる。」

と素直に頭を下げた。変なの、と思っていると、

「唐仁原には、『きょーつけ。』は言えないんだよ。おまえのことがおれにはまだ良くわか

らないが、おまえが、他人に号令をかけられない性格だろうということは、わかる。おまえは反抗的で、おまえが号令に反発する側にいるからだ。だからおれは、とっさに変な歌のことを持ち出して、おまえが号令をかける側にまわらないようにしたんだ。号令なんて、あいつ以外に、だれがかけたいものか。だけど、おれなら、自分を殺して、やれる。そこがおれとおまえの違うところなんだよ。」

と言った。

「遠田。あちしがなんで反抗的なんだよ?」

と、あたしは遠田君を呼び捨てにして聞いた。

「唐仁原は気付いていないかも知れないけど、おまえが書いたあの作文な、ほかのだれも書けないからさ。うちの親父は呉服屋をしていて、キミコ先生に英会話を習っているから、おまえのことは前から聞いて知っている。あの作文は、書き出しっていうの? 書きはじめからして、学校という枠を飛び出しているんだ。唐仁原は明らかに、型にはまらない、型を認めないタイプなんだよ。あいつとは、いつか必ずぶつかるんだ。」

聞きかじりだが、「心根」という言葉を、あたしは気に入っている。あたしはだから、「心根のやさしい」人間が大好きだ。遠田君は秀才面をして、小ずるいところもあるが、心根がやさしそうではある。あたしのなかの、敦子がいる側に加えることにした。

健太郎は、いよいよパソコンに精通し、二十歳までには世界の最先端に飛び出すんだと、息まいている。一方、才は口先男が昂じて、一歳下の女の子に夢中で、「デートだ。デートだ。」と、大騒ぎしながら廊下を走りまわっている。

あたしと敦子はどうなるのか。——あたしたちが「お荷物」なら、教師「ん」は、あたしたちの「疫病神」だった。

§

五月になって、秋の修学旅行の日程が発表になった。コースは、奈良と紀伊の二泊三日で、県都から列車で奈良に出て一泊、奈良からバスで紀伊半島の白浜に抜けさらに一泊、翌日、那智の滝を見た後で列車に乗り換え、名古屋経由で戻るというものだった。費用は二万二千円。修学旅行の責任者は「ん」で、申込書が二年生全員に配られた。例年、病気の者を除き、ほとんどの生徒が参加したが、支援施設の場合は、経済を理由に参加しない生徒が多かった。

あたしは行く気になっていて、最悪の場合は、作文の賞の十万円を担保！　に、父が遺したお金から出してもらおうと思っていた。それに、母はいまでは英会話で小遣い程度のお金は入るようで、それもあってあたしは、前向きに考えられたのである。母に申込書を見せ、行きたいと言うと、なんとかなるという返事の後、

「ところで、あっちゃんはどうするって？」

と母に聞かれた。あたしは自分のことばかりを考えていた。あたしが三歳くらいのとき、東京に住んでいたあたしたちは、一家で白浜へ海水浴に行っていて、そのときは羽田から飛行機だったそうである。あたしに記憶はないが、あたしを真ん中に、砂浜で水着姿の父と母が笑っている写真が残っている。

「きょう配られたから、いまごろ、うちとおなじように話してんじゃない。あす聞いてみる。」

あたしは少しうろたえながらこたえた。翌日聞くと、

「キミコ先生と違って、うちのおかあちゃん、体の具合が悪くて、それでパートにも出られないでしょ。だからうちには、余力がないのよ。おかあちゃんには言い出せなかった。あたしは行かない。」

と、敦子は寂しそうに言った。敦子の母は、あたしたちが心細い思いをしてこの家にたどり着いたとき、最初にやさしい声をかけてくれたのである。あのときの恩を、あたしと母は、決して忘れないし、ときどきあの日のことも、話題にのぼるのである。敦子の母は

パートに出ていたが、二年ほど前に乳がんの手術をして、その予後があまり良くなかった。

あっちゃんが行けない話を、学校から帰って母にすると、母は、

「あっちゃんは結局、行かないことを、自分で決めたのね。かわいそうに。」

と言った。あたしはそこまで思い至らなかった。

「わたしもやめようかな。」

と言うと、

「もう少し待って。」

と母は言い、これ以上はなにも言わなかった。

三日経って、自習室にあたしがいると、敦子が入って来て、「キャー。」みたいなジェスチャーで、あたしに抱き付いて来た。

「あたしも行けることになったんだよ！ カリン。喜んで。おかあちゃんの話だと、秋に修学旅行がある話は、キミコ先生から聞いたんだって。それで、ここのところ休んでいるパートに出る気になって、社長さんのところに行ったら、もろもろのことでお金がかかるだろうって、三万円前借り出来ることになったうえ、いまより少し楽な仕事の方にまわしてもらえるようになったんだって。キミコ先生がなにか言ったのかな。社長さんも英会話の生徒だし。でも、これは奇跡だよ！ 前借りのお金を使えって、おかあちゃん、まだ参

加賀はいいのにさ、もうあたしに渡してくれたんだよ。」

と敦子は言った。

「ほんと？　オーケー、オーケー。もちろんあちしも行くよ。白浜は小さい頃に行ったことがある。楽しみだ！」

あたしたちはもう一度、抱き合って喜んだ。

十一月初旬の奈良は紅葉に包まれていた。北陸に比べて光も風も全体に柔らかく、荒々しくなく、比較するのもおかしいくらい、雑でなかった。これは支援施設に暮らすあたしの、あまりに個人的な感想だが、六道寺に何体かある仏像のまなざしより、奈良の仏像のまなざしの方が柔和だ。だからいかにも八方に光りを放っているように感じる。ここに、現在ただいまのあたしが、こうしていられることのありがたさを、あたしは大いに喜んだ。

奈良の晩は、午後九時が消灯だったが、男の生徒たちは、「ん」をはじめとする男の教師の目を盗んで、十一時近くまで起きていたらしかった。翌朝、遠田君が近寄って来てそのことを報告し、

「エロな話まで、出たぞ。」

と、得意気にしゃべった。あれ以来、遠田君とあたしは、結構仲良くなっていたのである。

「エロって、なにがエロなんだよ。」

「妹のいないヤツが、一部屋五人のうち三人もいて、そいつらは、女のあそこがどうなっているのか、正確に知らなかったのさ。」

「遠田は知ってんのかよ。」

「おれには、妹がいるからな。――面白いんだよ、あいつら。なかには、あそこが股の真ん中じゃなくて、脇に、それもポケットみたいにして付いていると思っているヤツまでいるんだから。」

「バカだねえ。それじゃ、おしっこどうやってするんだよ。」

「おれが絵に描いてやると言って、そこでみんなで歓声を上げたのがいけなかった。『こらっ。だれだ起きてるのは。』って、廊下から、あいつに、大声で叱られたもの。」

「ん」の巡回は念が入っていて、ほかの教師が寝たあともつづいていたのである。

二日目に泊まったのは白浜だった。奈良から観光バスで吉野に出、そこから十津川を延々下って瀞八丁《とろはっちょう》や熊野本宮大社を見たので、みんなくたくたに疲れていた。旅館には温泉があったが、夕食もそこそこにみんな寝ることになった。あすは那智の滝をまわって帰るのだった。

しかし、風呂好きな敦子だけははしゃいでいた。

「施設のお風呂より広いかな？　カリン。道路を隔てたところが海だし、だったらここの旅館のお風呂こそ、『太平洋』だ。何度でも入るよ。」

夕食の途中に、わざわざあたしのところに来て言った。

クラスが違うので、敦子とは寝る部屋も違っていたが、夕食が終わって少しして、敦子が二階の中庭に面したあたしたちの部屋を覗き、あたしを呼び出した。あたしはもうパジャマに着替えていて、寝るところだったのである。廊下の隅で言いにくそうにしているので、「眠いんだからさあ。」と言って急かせると、

『ん』が、十時になったら、来い、って言うんだよ。あたしとカリンの二人で……。さっき耳打ちされた。どうする？」

「どこに？」

「……」

「まさか、部屋で肩もめって言うんじゃないだろうね。責任者だから、あいつだけ一人部屋だもの。冗談じゃないよ。それで、なんだって言うの？」

「おまえたちが、おれに迷惑ばかりかけているから、きょうは相手しろ、だって。」

四月に、あたしたちにセクハラまがいのことをして以降、「ん」は、表面上は静かにしていたのである。が、体育の時間の鉄棒の逆上がりで、体操着姿の女子生徒の真ん前にい

つも立っているとか、気を付けで女子生徒を放課後もずっと立たせたとか、そのたぐいの、「ん」のセクハラ的なうわさはあとを絶たなかった。とくに逆上がりの場合は、何人かの女子が、「先生。見ないで下さい。」と言っても、「これは授業なんだよ。」と言って、開き直ったのだった。だから、「ん」の爬虫類的な眼は、イヤらしい眼として、セクハラ的なことをされた女子生徒たちから嫌悪された。「ん」のこうした行為は、有無を言わせない体育会的なものに加え、本質的な性向とも絡んで、いよいよ隠微に、卑猥になっていたのだった。

「相手しろ? あいつ、あたしたちをバカにしているからな。あたしたちだけ、なんで呼ばれなきゃいけないんだよ。前のこともあるし、まったくふざけてるよ。」

「あたしたち、弱いからね。」

「ダメだよ、敦子。そんなことじゃ。」

あたしはこう言った。しかし、あたしはほんとうに愚かだった。いまから考えても、顔から火が出るくらいだ。思い込みでどんどん話を進め、「どこに?」のこたえを聞いていなかったのである。聞いていれば、一発で怒っていた。

「あー、なんてことだ。『ん』のおかげで、白浜の思い出が台無しだよ。ここまでは楽しかったのに。」

「カリン。行く?」

「肩もみなんて、……ちょっと考えさせてよ。」

『ん』は、露天風呂の付いた男風呂が、きょうは学校の貸し切りでだれも入って来ないから、そこに来いって、言うんだよ。あたしがイヤだって言ったら、これは命令だって。どうする? カリン。」

「来いって言うのは、露天風呂だったの? えーっ! これは大変なことだよ、敦子。あたし、体が震えて来た。」

「カリンが早とちりするからいけないいんだよ。」

「いずれにしろ、あいつ、あたしたちをどうする気なんだろう。——ここから校長先生に電話しようか。」

このとき、女部屋巡回の女の教師が、あたしたちを見とがめた。

「そこの二人、ダメよ。」

「じゃ、ねっ。」

「じゃ、ねっ。」

あたしたちはおなじ言葉を言って別れた。

布団に入って、校長先生に電話するかどうか、そればかりを考えていた。巡回の女教師にも相談出来たが、「ん」が責任者なので、否定されればそれでお仕舞いだった。校長に電話すれば、この場は「ん」の計略にやられずにすむ。しかし、学校に戻ってからも「ん」は否定するだろうし、事が大きくなったらなったで、逆に、通報したあたしたちが悪者になり、最悪なら、二人とも支援施設にいられなくなるかも知れなかった。校長、教育委員会、児童相談所といったところに、あたしたちは不信感を持っているのである。

あっという間に午後十時になった。廊下のかすかな足音で敦子とわかり、あたしはパジャマのまま、部屋のバスタオルを持って、ドアの外にすべり出た。敦子もバスタオルを持っていた。

あたしたちは無言でエレベーターに乗り、最上階にある展望露天風呂に向かった。

脱衣室は開くようになっていて、なかに入ると、男の浴衣が一つだけ籠に脱いであった。あたしはどきどきしていまにもぶっ倒れそうだったが、敦子は比較的落ち着いていた。

「カリン。バスタオル持って来て、良かったね。」

「だけどさあ……。」

「やめよう。」と言えばまだ間に合ったのに言えず、裸になったあたしたちは、その代わりにきつくバスタオルを巻いて、内湯を通り外の露天風呂に向かった。

ガラス戸を押して外に出ると、大きな岩が組まれていて、右からまわり込むと、湯船になっていた。広さは十畳ほどで、昼なら太平洋を眼下に望めるはずだった。しかし、暗い海からは、岸に寄せる波音ばかりがこだましていた。北陸ほどではなかったが、南国紀伊の風も、十一月とあってかなり冷たかった。

強い光線が、露天風呂の上の庇《ひさし》から海原に向かって放たれていた。海側に立つあたしたちのすがたは、この光線を浴び、バスタオルの白さで、発光でもしたかのように、夜の闇に浮かび上がった。

「おう。来たか。」

「ん」は、湯船の奥の暗がりにいた。岩を背にして、首だけ出して湯につかっていた。湯の波が、光線によって黒い皺になって見えた。

あたしたちからは、「ん」は翳《かげ》としか見えず、あたしたちばかりが見られているのである。あたしたちが光線に立ち竦んでいると、「ん」が、

「なんだ。風呂に入るのに、バスタオル巻いてんのか。」

と言った。教師とは思えない、下卑た、だみ声だった。あたしたちは顔を見合わせた。バスタオルが、あたしたちを守る最後の一線なのである。

「それじゃ、ダメだ。バスタオルを、とって入って来いよ。」

「それじゃ、見えちゃうよ！」

あたしは、岩と岩の間からあたしたちを見ている、「ん」の眼に向かって叫んだ。

「黙れ。」

「ん」は怒声を吐き、あろうことか、いきなり立ち上がったのである。「ん」はこれまで、さまざまな予想外を、あたしたちの前に繰り出し、あたしたちを驚かせたのだったが、これはそれらをはるかに上回っていた。「ん」は、全裸のまま、湯船のなかを、二歩三歩と、こちらに向かって来た。光線の翳になっていたが、成人の男――あたしはもう父の裸体すら忘れていた――の、あのグロテスクな部分がはっきりと見えた。穢《けが》らわしかった。「ん」は、あたしが怯《ひる》むのを見透かしていた。そのときを見逃さなかった。なんと、さらに予想外の、あの行動をもって、締めくくったのである。

全身を直立不動にすると、

「きょつけ
きょつけ。

キョー、ッケッ。」

を、放ったのだった。こんなところでまで、三連発が出るとは。――気を付け三連発はあたしたちを凍り付かせ、太平洋の闇を切り裂いた。

呆然としたなかで、あたしは姿勢を正した。あたしのバスタオルが落ちた。

「敦子! 入るよ。」

あたしは言うと、胸から飛び込むようにして湯に入った。敦子もつづいた。

——だれが、おまえなんかに、あたしの裸を見せるもんか。

あたしたちと、すでに身を沈めた「ん」との距離は近付いていて、四メートルほど先に、「ん」がいるのだった。あたしは、「ん」をにらみ、敦子は、「ん」から目をそらせ、二分間ほどが過ぎた。

ああ神様! あたしはまたしても愚かだった。冷え込んだ体が、温泉の温みに包まれ、とろけるようになって、

——これだけですむなら。

ほんのわずかだが、こう思ってしまったのである。敦子などは、支援施設のお風呂で「太平洋だ。」と言ったときのように、目を細めさえしていた。「ん」がそういうあたしたちに声をかけて来た。

「気持ちいいだろう。おれはいつも、おまえたちのことを思ってんだぞ。おまえたちが悪く思われないように、守ってやってんだぞ。きょうぐらいは、おれの慰労をしろよ。なっ? カリン。」

「ん」があたしを、「カリン」と呼んだ。あたしは目をつぶった。あたしに出来ることは、

「ん」を見ないことだけだった。

「二人とも、先生のそばに来いよ。変なことするとでも思ってんのか？　そんなこと、する訳がない。先生は、貸し切り風呂に一人で入るのがもったいないから、おまえたちを呼んだまでだよ。」

——なんであたしたちなんだよ。

と、あたしは言えば良かったが、言えなかった。

「おい、おまえたち。ゆだってしまうぞ。」

「ん」がどすのきいた声で言った。この言葉で、敦子が湯のなかを二掻きほどして、「ん」のそばに行った。あたしも仕方なくそうした。「ん」にぐいぐい引っ張られて行くのである。完全に「ん」のペースだった。「ん」はすぐに体を浮かせ、腕を伸ばしてあたしたちの肩を摑み、引き寄せた。あっという間に三人は、「ん」を真ん中にして、並んで湯につかっているようなかたちになった。

「これでこそ露天風呂だよ。なあ、敦子。」

「ん」の機嫌が良くなった。あたしたちは、「ん」の全裸を見せられたが、こうして肌が触れていることとは、それは根本的に違うことだった。「相手しろ。」にはじまって、予想もしないことが次から次に進んで来たのだったが、ここから先は絶対に危険だった。しかし、「ん」にしてみれば、これまでのことが余分なのであり、ここからがはじまりなのだった。二人の、施設に暮らす、一人は少し生意気だが、そんなことは高が知れている、女の生徒を、貸し切りになった露天風呂という、だれも来ない場所で、好きにするのである。「ん」は、あたしたちの肩にあった手をはずすと、その手を湯のなかを泳がせるようにして下ろした。あたしは敦子を気にしながらも、その手がどうなるのか、手の動きに全神経を集中させていた。手はあたしの脇を微妙に触りながら、それでもあたしが体を動かそうとしないので、一気に大胆になって、とうとう太腿の付け根に置かれたのである。見えなかったが、敦子にもおなじようにしていただろう。置かれた手の指の一本一本の感触が、湯という薄い膜を通して肌に伝わり、五本の棒として張り付いて来た。そしてこの五本は、動けという「ん」の指令を、今か今かと待っていた。あと一秒、という、あたしと「ん」との間での、一番張り詰めた瞬間がやって来た。

「敦子。あたしは出るよ。」

瞬間的にあたしはこう言っていた。「ん」の手から逃げるようにして体を浮かせた。裸を絶対に見せたくないので、湯のなかを泳ぐように歩き、湯船から急いで上がった。内湯の脇を抜け、脱衣室までは走って戻った。全裸の「ん」に、追いかけられるような気がしたからだ。脱衣室に戻っても、胸がどきどきしていた。そうしながら、一緒でなかった敦子のことが心配になった。裸のまま、しばらくあたしは、内湯の外の露天風呂を見ていた。岩があって見えるはずはなかったが、そうしないではいられなかった。もう露天風呂に戻ることは出来なかった。着替えて廊下に出た。廊下で十五分ほど待っていると、敦子が出て来た。

「あっちゃん、ごめんな。」

駆け寄ってあたしは言った。さっきあたしが、「一緒に出よう。」と言えなかったからである。

「気にしなくていいよ。誘ったのは、——『ん』に言われたからだけど、——あたしだもの。」

敦子が、口を少し強張《こわば》らせて言った。

「そんなことないよ。」

「いいんだ。」

「いいって?」

「こういうことは、あることなんだもの。だけどなあ、……。」

「敦子。『ん』に酷いことされたんじゃないの?」

「死んだあの男もそうだったけど、なにが面白いんだろ。」

と敦子は言った。

§

夢のなかで溺死体が流れて行った。顔を見ようとするが流れにうつ伏せなのでうかがい知れず、彼岸と此岸とどちらの岸からも離れ、川の真ん中を、矢のように急いで下って行くのである。

夢を見ているあたしの肉体は死んでいて、とめどもなく重く暗く、そのくせ心臓だけは発光しながら時を刻んでいるのである。あたしという、友を見捨てたワルは鳥葬されていて、コンドルたちが、発光する心臓めざして群がり、あたしを食い尽くすのである。

修学旅行から戻ってすぐにあたしは発熱し、三日三晩、病んで臥したまま悪夢のなかをさまよい、水を求めては長く伸びた爪で体をかきむしり、母の手をわずらわせた。

病から生還して、あたしは悪夢の意味を考えつづけた。

「捨は？」

看病してくれていた母に聞くと、

「なに言ってんの？　夢のなかでも『捨。』『捨。』って。あの子がどうかした？」

と、逆に聞かれた。母は捨に会ったことはないが、追っかけのことや大河のそばの家に行ったことなどは、すでに話してあって知っているのである。

「敦子いる？　呼んで。」

「きょうは金曜日で、あっちゃんは学校。お医者さんはもう大丈夫だと言うし、月曜日から学校に行くことにしてあるので、安心して休むといいわ。」

母には死んでも言えなかったが、あたしはあの夜の出来事を、どうしてもだれかに話したかったのである。あたしは捨を選び、それで捨の名前が夢に出ていたのかも知れなかった。

日曜日に捨に会いに行った。捨は、大河の河口の町の新築工事現場で、トビの格好をして元気に働いていた。未成年なのでタバコは吸ってはいけないはずだったが、おいしそうに吸っていた。

「現場監督を入れて三人で、一軒の家の解体から新築までをやるのさ。プレハブだから、荷さえ届けば、あとは自動釘打ち機で、パッツン、パッツンやれば、ほぼ完成。こんな儲かる仕事はないよ。完成したら、カニでもすしでも、好きなものをおごってやるよ。」

と捨は言った。一緒にいた二十代、三十代の男たちの目も生き生きしていて、あたしは、捨が希望に満ちたいい集団のなかにいるんだと思った。

「で、なんだよ?」

あたしたちはそばの神社の、海の見える東屋に行った。夏は海水浴客でにぎわうのだったが、初冬の日本海は晴れなのに荒れていた。

「で、さっ。きょーつけしたら、ばさっと、バスタオルが落ちちゃったんだよ。胸を押さえていた腕を脇に下ろしたから。」

まともに話せない自分に苛立ちながらも、あたしはこんな言い方をつづけた。

「それで?」

「……。あちし、あいつに、ちらっとだけど、裸を見られたんだよ。……あたしは先に露天風呂を出て、敦子がそれから十五分くらいの間に、どうされたかは、わからない。」

「おまえだけ帰ったのかよ。」

あたしはここから泣き出していた。自分で自分を、工作の小刀かなにかで抉《えぐ》りたいくらいだった。

「あたしだってあんなヤツ、殺したいくらいだよ。だけど、あいつの気を付けと、あいつの爬虫類みたいな眼に合うと、なんにも出来なくなっちゃうんだよ。」

「重罪だな。」

捨は容赦なく言い、あたしは大声を上げて泣いた。

「せっかく行けた修学旅行で、なんでこんなに苦しまなければならないんだろう。おかあさんにも言えないし。」

「うちの、関ケ原の合戦からつづく捨次郎家の兵事訓によると、一方的に相手が悪い場合は、騙し討ちが一番いい、とされている。その意味は、和平と見せかけなければ、相手が出て来ないからだ。だってそうだろう？　殺すぞと言われて、のこのこ出て来るヤツはいない。悪くても許してやるように言って誘い、来たところを一刀のもとに斬り捨てる。北陸の一向一揆は大概この手で、武将たちにやられている。おれの親父は、女に狂い、酒に溺れ、お決まりのように十数代つづいた家を潰したけれど、おれは、県会議長までやったおじいちゃんから、戦いのやり方についてはたくさん教えられている。カリンにけんかの仕方を教えたのもそうだし、今度のことも、どうすればいいか、なんとなくわかって来た。」

捨はときどき、時代劇の一こまみたいなことを言うのだったが、県都にある捨の一族の墓は観光バスのツアーコースにも入っていて、零落したとはいえ、捨のなかでは、「家意識」がいまも生きつづけているのだった。捨が現状に満足せず、なんとかがんばるだろうとあたしが信じるのは、この理由による。

「どうするの？　捨。」

「おれがその教師を呼び出して、懲らしめる。場合によっては、死んでもらう。あいつがこれからもおこなうであろう悪《あく》を考えたとき、あいつにこの世からいなくなってもらう方が、世の中にとって、ずっといい。カリンも敦子も、穢されたんだからな。」

「あたしは穢されてはいないけど……。」

「こころを踏みにじられたんだから、おなじだよ。」

捨がこんなことを言うとは思わなかった。

「あたしたちのことで、ごめんね。」

捨はそれまで吸っていたタバコを地面に捨てると、ベンチから立ち上がった。あたしをしばらく見下ろしていたが、

「そこに立てよ。」

と言った。あたしは立った。捨とあたしの身長の差は、四十センチ近くもある。いつもあたしは捨を見上げているばかりで、ある種の圧迫感を抱いていたのだったが、きょうは捨がまぶしいような気がした。

「カリン。おまえはここを見られたのか。」

捨は、セーターの上からあたしの胸に、荒々しく手を押しあてた。突然の出来事だった。あたしの胸はまだほとんど平らだったが、それでも最も鋭敏な二つの部分は順調に成長し

ていて、捨にも、あたしの、驚きによって生まれた先端の固さが伝わったはずだった。捨はこれまで、なんでも知っているような口ぶりだったが、父親の介護や極貧のことを思うと、みんなと一緒に遊んでいるヒマもカネもあるはずがないのだった。

「バカ野郎！　おまえはおれのものなんだよ。」

捨が言った。捨はあたしを前にして、なにもかもがぎごちなかったが、あたしはこのとき、修学旅行で遠田君が話してくれた、妹のいない連中のことを思い出していた。捨もあたしも、まだなにも知らないのだった。

あたしが半歩前に出れば、捨はあたしを抱き締めていただろう。しかし、あたしは動かなかった。ただ、捨があたしを愛してくれていることを、この言葉によって強く感じた。これが男女の愛の一歩だとすれば、それはひしひしと伝わって来て、その伝わり方こそ、愛なのだと、あたしは思った。

「あいつのことは、——あいつはバスケットの国体選手だったから、おれは良く知ってんだよ。あいつも、小学校の学童クラブで熱心にバスケをやっていたおれの顔ぐらいは知っている。次の休みに呼び出せばきっと来る。そしたら、家の近くの用水に叩き込んでやる。ここの用水は、深くて流れがものすごく速く、護岸はコンクリートで固められているから、落ちれば最後、絶対に上がれない。冬の水流が体温をあっという間に奪い、ものの一分と経たないうちにお陀仏さ。簡単に突き落とせる場所があって、そこはおれしか知らない。ヤツは、二キロほども下流の堰で引っかかり、何日かして発見されるだけだ。教え子たちを弄《もてあそ》んだ罰だ。自業自得なんだよ。」

捨は勝ち誇ったように笑い、あたしにウインクした。あたしの頬に、つーっと指を走らせ、

「待ってろよ。必ずおれは勝つ。」

と言った。この光景は、あたしのこころの最も深い部分に刻み込まれた。

――捨、「ん」に絶対負けるなよ。

あたしたちは別れた。

学校では、「ん」は、あたしや敦子と何事もなかったかのようにふるまい、もちろんあたしたちもそうして、十日が過ぎた。

「ん」に放課後、職員室に来るよう呼ばれ、職員室に行くと、体育館に来るように、という言伝《ことづ》てがあった。「ん」は、教室でも職員室でもふだんはジャージーの運動着姿で、体育の教師なら当然のことだったに違いないが、「ん」をバカにする生徒たちは、このジャージーを引き合いに出して、「締りがないんだよ。」と悪口を言うのが常だった。全校生を前にしての号令に誇らしげになるのと、このジャージーとは、「ん」の両面――権威主

義と屈辱——の、象徴にほかならなかった。

「ん」はだれもいない体育館の中央に立っていた。いままでゴールに向かってシュートの練習をしていたらしく、手にはバスケットボールを持っていた。あたしに、「ん」のいやらしい全裸がよみがえった。あたしはやはり、穢されていたのかも知れなかった。「ん」が、そこに座れと言ったが、あたしは座らなかった。「ん」は腰を落とすと、床の上に胡《あ》坐《ぐら》をかき、あたしを見上げながら、

「知ってるか？」

と聞いた。

「なにを？」

「捨とおまえたちが呼んでいる男のことに決まってるじゃないか。」

「捨がどうした？」

あたしはむきになって言った。

「おまえも、どんどん口が悪くなるな。いまのおまえのは、先生に対する口の聞き方じゃない。そうだろう？」

「どっちが悪いんだ。敦子になにをした？」

「それで怒っているのか。唐仁原も単純だな。あのあとすぐ、湯船を出て、洗い場で背中

を流してもらっただけだよ。おれは最初から、おまえたちに体を流してもらうつもりだった。それ以上、なにを要求出来る。先生と生徒の関係は、いまは厳しいんだぞ。」

「ウソだ。敦子はそんなことを言っていなかった。おまえは、敦子のを見たんだ。」

「ほー。そうかな。これは作文じゃないんだぞ。見て来たようなウソは書けないんだぞ。体育の教師を、なめるな。おまえたちにおれが負けるとでも思ってるのか。」

「ん」は、生徒とも張り合おうとしていたのである。

「おまえたちって、だれだ。」

「おまえたちは、おまえたちだよ。何人もいるだろう。一クラスに二、三人は生意気なのが。」

「あちしいま、だから『ん』が、愚かな理由がわかった。生徒と競争して、どうすんだよ。」

あたしは落ち着いて言った。

「『ん』って、だれのことだ。」

「おまえのことだよ。おまえが、敦子とあたしにした、弱い者に対する蹂躙《じゅうりん》を、一生、あたしたちが絶対に忘れないために付けた、おまえの名前だよ。おまえの額に、『ん』って刻印されているのが、おまえに見えないのか！　許さない。」

「そういうのを、被害妄想、荒唐無稽と言うのだよ。」

「くだらない、空疎な言葉を並べるな。おまえは見た。その子は、なにが面白いんだろう、って言っていた。それが立派な証拠だ。それもたぶん、おまえの得意の、座りながら気を付けをさせて……。イヤらしい眼。『ん』、おまえは汚な過ぎる。」

「あいつも――捨だったな、おれを呼び出したのは。あいつがガキのときの顔を覚えている。――あの男も、おれがおまえたちに卑猥なことをしたと言っていた。」

「その通りじゃないか。」

「やはりグルだったな、おまえたちは。」

「グルじゃない。あちしが、捨を愛しているだけだ。」

「まだ中学生のくせして、バカなことを言うな。ついでに、おまえ同様、あいつがいかにバカだったかを、教えてやろう。あいつはおれが、おなじバスケットボールをやっている人間のなかでもクズだ、とまで言ったな。バカなやつだ。人間がきれいだとでも思っている。そいつはさらにバカで、そいつが言うクズの人間が柔道もうまく、しかも三段だってことを、考えもしていなかったんだな。これほどバカなことはない。――唐仁原カリン、おれの言っている意味がわかるか？　こたえてみろ。」

「……」

「だからおまえたちは、浅はかだと言うんだよ。」

「……。」

「まだわからないか。橋の上で待ち合わせて、もみ合いになるどころか、長身の方が、ひょいと腰に載せられたんだな。長身の方は、相手を見くびっているから、スキだらけで簡単に投げられる。柔道でいう空気投げだ。捨って男は、ほんとにバカだよ。」

「捨はバカじゃない。」

「鈍い女だな、おまえも。で、捨はどうなったと思う？」

「どうしたんだよ。」

あたしの顔から血の気が引いた。うつ伏せになって流れて行く、夢のなかの溺死者が、あたしのなかでゆらゆらした。

「で、背《せい》ばかり高い、なかなか顔のいい青年は、橋の欄干を越え、音もなく用水に転落した、という訳だ。矢のような速さで、青年は流されて行ったよ。それだけだ。もっとも、このことは、おれと青年しか知らないが……。」

「捨を殺したのか？」

「新聞を読んでいないおまえたちは知らないだろうが、数日前、用水から若者の水死体が上がったそうだ。事件性はないと、けさの新聞に出ていた。葬儀は近親者だけですませたとも書いてあったな。」

「……」

「どうするカリン？　おれが捨を殺しただなんて、人聞きが悪い。おれはなにもしていないぞ。愛していたんだろ？　なにを黙ってる。」

笑いを浮かべながら、「ん」が言った。

「捨から教えられた蹴りを入れてやるから、大人しく、そこに立て。立て！『ん』。」

体育館全体にあたしの声がこだました。

胡坐の「ん」が立とうとして前屈みになったスキをついて、一歩踏み出したあたしは、渾身の力で蹴りを入れた。この蹴りは、捨の得意の、テコンドーで使う蹴りで、あたしも猛練習してうまくなっていた。ほとんど突きに近いため、ふつうの蹴りより速いうえ、爪先をすぼめているので槍のように鋭いのである。これが喉にまともに入れば、「ん」は間違いなく悶絶した。

「食らえ。」

あたしの気合がとどろいた。が、柔道三段の「ん」の、受け止める腕の方が一瞬速かった。足を取られたあたしは、逆に後ろに倒されていた。

「ん」は、床に転がっているあたしを見下ろしながら言った。

「おまえたちがおれに歯向かおうとしても、無理なんだよ。――わかるか？　敦子を見ろ。這い上がろうとする気力すら失っている。おれはそういう連中を守ってやろうというのだよ。こんなにありがたい話はないだろう？　おまえたちにはそれが一番幸せなんだよ。おまえたちの味方は、体育の教師である、このおれなんだよ。強圧でもなんでもない。おまえたちはおれに従い、おれの言う通りに動く。なにをされても、付いて来ればそれでいいんだよ。」

「そんなことがあってたまるか。」

あたしは泣きながら言った。

「おまえが親友、親友と言う敦子にしても、やがておれに付いて来る。縋《すが》る者がいないんだからな。……もっと言ってやろう。おれからそのうち離れられなくなる。」

「あたしたちを甘く見るな。この殺人教師！」

「……」

「ん」は無表情のまま体育館を出て行った。

§

体育館を出た。校門のそばのイチョウの大樹は黄落していて、木の下に出来た十メートルほどの円のなかが、イチョウの葉で真っ黄色に染まっていた。黄落とは、一年の命の終わりであり、春からまた新しい命がはじまるのだったが、絶望しかないあたしにはもう、永遠に春は来ないのだった。イチョウの下に敦子はおらず、いままでなら必ず待たなければならなかったのだが、あたしにはこの日だけは無理だった。

——あっちゃん。あちしもう、ダメかも知んない。きょうは先に行くね。

あたしはこころのなかで敦子にあやまった。とにかく、支援施設に戻って新聞を読まなければならなかった。もしも、「ん」の言っていることが事実だとしたら——。歩きながら二つのことが、ぐるぐるあたしの頭のなかを駆け巡った。

——だって、愛する！　捨を殺されたんだぞ。捨はあたしのために死んだんだぞ。いますぐ警察に駆け込め。シラを切る「ん」と、警察で対決しろ。敦子を穢し、捨を殺した罪を、懺悔《ざんげ》させせろ。さあ、行け。

——おかしなことだよ。「ん」は軽々と人を殺せるのに、あたしは出来ないだなんて。良心なんて捨てろ。どんな汚ない手を使ってでも、「ん」を殺せ。捨のために、仇を取れ。あんななまくらな蹴りくらいじゃ、「ん」には通用しないぞ。

母はこの頃、水彩画と一行詩をはじめていて、色紙にさらさらと絵を描き、その余白に、思い付いた詩をぱっぱっと付けて、「英語ではなんて言うんだろ。」などと言いながら、楽しんでいることが多かった。

あたしが、ある程度こころの整理をして、いつも通りをよそおって部屋に戻ると、母は、窓側の方の板敷きに置かれた椅子に腰かけて外を見ていた。小さなテーブルにはコーヒーカップが二つあって、だれかが来ていたに違いなかった。

「ただいまっ。」

明るく言った。

「お帰り。いま、お茶していたところなの。」

「だれと？」

あたしは母を見ながら言った。

「そこに腰掛けて。……もちろん、あっちゃんよ。」

あたしより先に敦子は帰っていたのだ。母があたしの顔を見詰めた。

「あっちゃんが早退して来て、修学旅行の夜の出来事を話してくれました。これからはあなたの番よ。さあ、全部話して。」

と言った。あたしが言葉に詰まっていると、

「朝刊を読んでいたら、あなたのお友達の捨さんが、何日か前に亡くなっていましたね。

知っていましたか？」
と聞いた。
あたしは気が遠くなりそうだった。やはり捨は殺されていたのだ。敦子も母も、まだこのことは知らないが、「ん」の言ったことは本当だったのだ。「ん」が、「矢のような速さで、青年は流されて行ったよ。」と言ったときの嘲笑が、あたしによみがえった。あたしのなかにあった二つの道のうち、一つが当然のように消えた。あたしに、このときはじめて、『ん』を殺す。」という明確な殺意が生まれた。どす黒い憎悪と怒りが、やっとあたしに満ちたのだ。これは、喜ぶべきことだった。総毛立つほどあたしは身震いした。あたし自身の手で、今度は失敗せずに、確実に殺すのである。
テーブルの上には、赤い実の付いた千両の描かれた色紙が一枚置かれていた。言い終わった母は、筆を手にして、色紙の余白に、
花無ければたましいさみしからん
と、一気に書き付けた。あたしに色紙を見せ、
「やっと一句、生まれました。この色紙、大切にね。玄関の脇に千両があったので、切っておきました。食堂のバケツに入っています。まずはお墓参りに行ってらっしゃい。捨さんのために。」

と言った。

母は、あたしがまずなにをすべきかを、教えてくれたのである。捨のたましいは成仏出来ずにまださまよっているに違いなかった。季節の花と、あたしの真心で、飾ってやらなければならないのだった。

あたしは、あたしが一番好きな純白のセーターを着た。このすがたを捨に見せてやれなかったのを残念に思った。自転車の前かごに綺麗な包装紙でくるんだ数本の千両を入れ、大河の下流にある、捨のアパートに行った。捨の姉が出て来て、捨のお骨は、捨次郎本家の墓に埋葬されたと教えてくれた。わざわざ来てくれてありがとう、弟もきっと喜ぶわ、とも言った。

自転車を押しながらの帰り道、あたしは用水にかかる橋の上から、千両を一本ずつ弓矢の矢のようにして、流れに投げ込んだ。流れ去る千両に向かって、

「捨！　おまえのために、あちしは泣くよ。」

と叫んでいた。

振り返ると、平野からは、なだらかで女性的な名山が一望で、山頂はもう真っ白に雪化粧していた。あたしはその光景を、目をまぶしませながら、かなり長い間、眺めていた。眺めている間、ずっと、殺人のことを思い詰めていた。が、どう考えても勝ち目がなかっ

た。力で勝てないことははっきりしていた。

——捨のために、自殺でもするか。

——なにバカなこと言ってんだよ。

——えっ？　自殺？　拳銃自殺？

ここで閃くものがあった。あたしのなかに電流が走った。

「おお！　おとうさん！　このときのためだったのね。コルトはこのときのためだったのね。コルトだ、あたしにはコルトがある。コルトを使えば、『ん』をやっつけることが出来る。」

管理人室の貴重品入れのロッカーに入れっ放しにしたあの箱を、あたしは思い出したのだ。父が死んで四、五年になっていたが、母が出さない限り、いまでもロッカーの奥に仕舞われているはずだった。父が天国から、「やれ、カリン。しくじるなよ。バンと撃て。」と言ってくれているようだった。

支援施設に戻ったあたしは、部屋にいた母に、「行って来た。」とだけ言い、夕食前だというのに、母が以前やっていたように、ヤドカリみたいに布団をかぶって寝た。もちろん、母が部屋を出たスキに、タンスに隠してある箱から、貴重品入れのロッカーのカギを取り出すためである。母は食堂の手伝いで、間もなく出て行った。こっそり起き出したあたしは、カギを取り出し、管理人室に行って、ロッカーを開けた。が、なかにはあの箱はなかった。

戻ると、母も戻っていた。あたしたちは二時間ほど前とおなじように向かい合って座った。テーブルの上にはあの箱が置いてあった。

「これが欲しかったんでしょ?」

母が聞いた。

「どうしてわかったの?」

「だって、学校から帰ったときのカリンの様子が、唇を真っ青にして、尋常じゃなかったもの。あなたはふつうにしていたつもりでも、母であるわたしにはわかる。……だから、いくら担任の教師が許せないからと言って、こんな危ないものを思い出してはダメ。やはり捨てましょう。ね。」

と母は、説得するように言った。母は、「ん」が捨を殺したことをまだ知らないのだったが、

「イヤだ。」

あたし自身もびっくりするような言葉が、あたしの口から飛び出した。

「気持ちはわかる。だけど、子供じみていて、いつものカリンらしくない。バカげてるわ

よ。」

と母は言い、「第一、あっちゃんの気持ちを、ちゃんと聞いてあげたの？」とつづけた。

「だってあいつ、敦子はおれのものになる、みたいなことまで言ったんだよ。」

「そんなこと言ったの？　でも、そんな教師のために、あなたまでが一生を棒に振るのは、くだらないことよ。警察にまかせればいい。」

「おとうさんも、これには賛成してる。その声を、わたしは聞いたもの。」

「……」

「コルトが必要なの。」

あたしは言った。

「あなた、なにか、おかあさんに隠してない？」

母からやさしいものが消え、母が真顔になった。この顔は、あたしがダメになりそうなときに、いつも救ってくれた顔だった。落ち込んだときに、励ましてもくれた顔だった。

「捨さんとのことで、なにか隠してる。きっとそうだわ。おとうさんが、人を殺せなんて、言うはずがないもの。人を殺すんだったら、うまいことをいっておとうさんを破産させた人たちを、まず殺すもの。三発で足りないくらい、おとうさんを騙した人がいるんだから。」

あたしは、――山腹の木の間に眺められるあの堅炭岩に夕日があたり、その光りが消え、部屋のなかが黄昏《たそがれ》るときまでかかって、――母に事の顚末を話した。教師を「ん」と呼ぶ理由にはじまり、捨が用水に投げ込まれたであろうときまでのことを、である。

母はもちろん驚いた。あたしが話を終えると、立ち上がって、椅子に座るあたしの後ろにまわり、あたしにかぶさるようにして、あたしを抱きすくめてくれた。

そして、

「そうだったの。『ん』という教師は、少年一人を殺し、少女二人のこころに深い傷を負わせたのね。」

と言った。母の鼓動があたしに伝わって来た。以前のように、母のつぶやきが聞こえて来た。

――花無ければ、たましい、さみしからん

――生きたくて、愛されたくて、たましいは

§

「さあ、カリン。今度こそ全部話して。」

「……」

小春日和になった日曜日の午前である。廊下に来客者が歩くスリッパの音がして、どこに入るのだろうと思っているると、あたしたちの部屋だった。母が出てドアを開けると、生水先生の良く通る声が飛び込んで来た。生水先生は年に二、三度は母を訪ねて支援施設に遊びに来ていた。来ると二人は、散歩をしたり、おしゃべりをして過ごすのだった。そんな二人は姉妹に見られることもあり、その場合の姉は、年下の母であることが多かった。母の方が大柄ではきはきしていたからだ。妹に見られる生水先生は独身で、明るいなかにも、いつもどこかを見詰めているような、つつましやかな雰囲気をただよわせていた。あたしは生水先生の、雪国特有の深いまなざしに出合うと、いつもそれだけで守られているような気になった。

小テーブルのところに母と生水先生が座り、あたしは勉強机の椅子を持ち出して、話し出した。日曜ということもあって、山並みの上の空には、珍しいことに十機以上のパラグライダーが舞い出ていた。

「ぶつからないのかしら。いつもそればっかり、わたしは思う。」

と、コーヒーを飲みながら生水先生が言った。

「国語の先生なんでしょ。もっと、……そうねえ。色がきれいだとか、空の散歩だとか、風のこととか、詩的に言えないものかしら。」

母が笑いながら言った。

「ご忠告、サンキュー！　カリンちゃんに前に聞いたことだけど、ここのパラグライダースクールのキャッチフレーズは、『日本海に向かって翔べ！』なんでしょ？　だったら、日本海の海岸にも基地を造って、ここからそこまで飛ぶコースがあったら楽しいんじゃない？　風に乗って、……日本海までせいぜい二十キロ……天空を、それこそびゅーっと、飛翔する。気持ちいいだろうな。——孤独な一機が夕日のなかを翔ける——なんて、如《ど》何《う》？」

と生水先生がこたえた。

「平野には大きな河が流れているから、ライダーたちはその流れに沿って飛べばいい。河口まで、案外、ひとっ飛びかも知れない。」

と母が言った。

「……」

「どうしたの？　カリン。」

あたしは泣いていなかったが、あたしの両方の目からは、なみだがとめどもなくこぼれつづけていた。次から次へと、透明ななみだが、湧き出すのである。生水先生が話した、

「孤独な一機」はあたし自身だった。あたしは捨の住んでいたぼろアパートを眼下にしながら、キャノピーに風をはらませ、大河を下る。河口の町の新築現場で、トビの格好をしていた捨。長身の捨には、良く似合っていた。東屋での、捨とあたしの、一瞬触れ合ったような時間。それら、一つ一つの光景や感覚が、なみだの一滴一滴と、直接結び付いていたのだ。だから、――あたしのなみだは、あたしのなかに捨が生きている限り、無尽蔵なのだった。

「さあ、元気出して、カリン。」

と母が言った。あたしのなみだはもう止まっていた。

「ではまず、というのも変だけど、カリンが喉から手が出るほど欲しがっていたものを、ここに出しましょう。」

母はこう言うと、足元にあった紙袋をテーブルに置き、なかからコルトの入った箱を出した。待望のコルトが、ついにあたしのものになるのだった。箱を見て、生水先生が、

「やっぱりほんとうの話だったのね。『ん』だっけ？　かれがやったことは。」

と言った。母もあたしもうなずいた。母はあたしを見ると、

「カリンには悪かったけれど、あなたから話を聞いた次の日に、生水先生と相談したの。」

と言った。あたしが黙っていたからだろう。生水先生が、「ん」との関わりや、「ん」の

コンプレックスのことなどを話し出した。最後には、

「そうそう。わたしは中学二年から私立に転校したのだけれど、かれったら、結構、わたしが好きだったみたい。私立に行ったわたしを、家の前で何度も待ち伏せしていたらしいのよ。電柱の陰に立っていたのを母が見て、笑いながら教えてくれたもの。かれは離婚したあと、わたしが二つ目の小学校に転校したときに、花を贈って来たことがある。わたしがいまも独身だってことも知っていて、去年なんか誕生日に、また花を贈って来た。もちろん送り返したけどね。それにしても、かれ——『ん』は、酷い教師になったものね。捨さんという子の無念を思うわ。」

と言った。

「おとうさんの拳銃を見せて。」

「いいわ。」

あたしは母から箱を受け取ると、なかを開け、コルトを手にした。見た目よりずっと重かった。

「それでどうするつもり?」

母が、あたしにとっては当たり前のことを聞いた。

あたしは引き金に指をかけ、銃身を下に向けて引き金を引いた。

「バン。」

口で言った。引き金は意外と軽く引けた。

「なにやってるの。そんな簡単に拳銃なんて撃てっこないわ。おかあさんは死んだおとうさんとアメリカで一緒に実弾射撃の訓練をしたことがあるの。半分は興味本位から、もう半分は護身のためね。小さいコルトは護身用といわれてアメリカで普及しているけれど、簡単に撃てるものじゃないのよ。よっぽど練習して拳銃に慣れないとダメ。はじめてじゃ、発砲の反動で銃身が撥ね上がって、空を撃つだけ。第一、弾は三発しかなくて、コルトは弾倉が回転式なのよ。弾倉に込めた三発の一発目を、最初に確実に発射させることだって、カリンは知らないじゃない。」

母が、「無理、無理。」と言いながら、首を振った。腹が立ったが、あたしにはショックだった。拳銃がなければ、「ん」は、性懲りもなく生きつづけることになるのだ。

そんなあたしを見て、生水先生が、

「しょげなくてもいいのよ。キミコ先生は、わざと言ったんだから。」

と言った。

「……?」

「カリン。許してね。」

母はこう言い、さらに、

「カリン。ここからは良く聞いてね。敢えて、野郎と呼ぶけど、生水先生とわたしは、『ん』の野郎を、二人でやっつけることにしたの。敦子さんとカリンの露天風呂の夜のことは別にして、『ん』の殺人を警察に届けても、捨さんのお骨はもうお墓に入っているし、有罪にするのはとても難しいのね。だから、――決して短絡的ではなく、わたしたちでやろうと決めたの。これもみんな、カリンとおなじで、わたしもコルトを思い出したから。コルトがなかったら、警察に届ける道を選んだと思う。コルトの一弾で、『ん』の野郎を仕留めてやる。だって、――わたしまた激して来たけど、――『ん』は、少年を殺し少女二人のこころに取り返しがつかない傷を負わせたのだもの。絶対、やる。それも、――かれのような淫靡《いんび》なワルのためにわたしたちが刑務所に入るのもバカらしいから、完全犯罪で。完全犯罪よ！　わかる？　カリン。」

と言った。

あたしがしゃべる番だった。

「それはいけないよ。おかあさんと生水先生は、捨とは直接関係がないもの。逆に警察に捕まって、天国の捨が悲しむだけだ。捨のためにも、わたしが一人でやらないといけないんだよ。」

「やれやれ、困った子だ。」

母は大きなジェスチャーをまじえてこう言うと、つづけて、

「じゃ、こうしましょう。カリンにはコルトは使えないから、今回はおかあさんたちにまかせて。わたしたちがなにかのことで失敗したら、そのときは、五年でも十年でもかけて、カリンの手で、『ん』を殺してください。今回の計画、まさか生水先生が、『ん』を知っているとは思いも寄らなかった。わたしは地理に疎《うと》いし、生水先生が加わったことは、天恵。きっと成功する。」

と言った。あたしはうなずくしかなかった。

§

あたしは口をはさまず、聞くだけなのである。小さな声で二人の作戦会議がはじまった。生水先生のペースで進んだ。

「決行の日は日曜日ね。来週がダメなら、その次の週の日曜日。日曜日は人目に付く。でも、逆に自然でいい。」

「『ん』は来るかしら?」

と母が聞いた。

「絶対来る。わたしとキミコ先生が友達だってことを知らないし、誘いの電話でわたしは、『あら、あなたって、離婚してたの？　中学時代の同窓生に、こないだ聞いたわ。』って言うから。あたしが独身だってことを知っているかれは、鼻の下を長くして、下心を持って、絶対来る。」

「それなら間違いなく、来ますね。わたしも断言出来る。」

「場所も決めてあるの。キミコ先生には悪いけど、県内の地理がわかっていないからね。その場所は、県境にある○○温泉。かれにわたしの家の近くまで車で迎えに来てもらう。家からは一時間弱ね。○○温泉には有名な橋があって、温泉客はみんなそこに行く。橋の下は激流で、初夏は新緑、秋は紅葉が有名なの。かれも、そこに行くと言えば、疑わない。温泉街の駐車場に車を停めてもらって、歩いて十五分くらいで着くかしら。帰りは、温泉街からバスに乗って帰る。ここからが大事なところよ。この、温泉客が行き交う橋から百メートルほど下流に、旧道の時代に使われていた橋があるの。いまはだれも行かないけど、道はちゃんとしている。しかも、右岸の岩壁から滝が落ちていて、これの名前がまた、ドードーの滝というの。案内板があるから、キミコ先生にもすぐにわかります。この滝のために、わたしは今回の場所を選んだの。なぜだかわかりますか？」

生水先生は、少し急ぎ過ぎたという顔をして、母を見詰めた。

「なんだろ。ドードーかな？」

「ドードーは、どうどう。どうどうと滝が轟《とどろ》きながら、落ちているのです。」

「そうか。」

「そう。ここなら、ピストルの音も、見事に掻き消されてしまう。」

「ナイスね。」

と母が感嘆した。あたしには、とても二人が殺人の話をしているとは、思えなかった。

「キミコ先生には、前もってドードーの滝の橋のたもとにいてもらって、あたしと『ん』の二人と、橋の真ん中ですれ違うようなタイミングで、歩いて来てもらおうかな。『ん』は、一度もキミコ先生に会ったことがないというから、あたしがすっと、『ん』から離れてキミコ先生のそばに行き、『この人は……』と紹介したら、驚くだろうな。——この場所がさらにお誂《あつら》え向きなのは、この橋から下流には、もう一つの温泉場まで、五キロくらいは、なにもないということなの。死体が放り込まれれば、どこかに引っかかるかして、最低一日や二日は見つからない。如何《どう》？　完璧でしょ。」

生水先生は自信を持って言った。

「それにしても、『ん』はどんな顔をするだろう。わたしがカリンの母だと知って。」

「あの男は、実際は小心だから、キミコ先生の迫力にまいって、意外と、向こうから、『殺人なんてやってません。』なんて、言うかも知れない。おろおろして、目を虚ろにさせて。」

「一メートル五十センチ！　これが、小銃を撃つ間合いなの。これ以上近付くと、相手は飛びかかりたくなる。こういう敵の衝動の心理も、アメリカで教わったな。ピストルを捥《も》ぎ取れると錯覚するの。だから、ここで冷静にしていないと、全部がダメになる。距離をかっきり一メートル五十センチに保ちつつ、言ってやる。『許さない。』って。それで『ん』は、すべてを悟るだろうな。殺人のことやわたしと生水先生のワナにはまったことを。——カリン、聞いてるね？」

「うん。」

「わたしはここで、後ろに隠し持ったコルトを出す。銃口をあいつの額にまっすぐ向けて、これが本物の拳銃だってことを、教えてやる。最初は疑っていても、こちらが真顔なら、すぐ本物の拳銃だってことは、わかるはず。発砲前の本物の拳銃って、真光《びか》りする、威厳に満ちた、獣《けもの》みたいな生き物なの。ここからが、『ん』との勝負の、一番の山場よ。引導を渡さないと。……？」

「どうしました？　キミコ先生。」

『ん』の場合はなにがいいのか、突然、迷ってしまったの。『殺人教師、死ね。』も、『理由はわかってるだろう。』も、『捨さんとあっちゃんとカリンの仇だ。』も、どこかが決まらない。」

「そうねえ。『ん』が悪だってことを、ひと言で言い切って欲しいところね。でも、こういうところは、その場にまかせるのがいいのかも。」

と生水先生が言った。

「カリンは?」

と、母が急にあたしを見て聞いた。

「わたしに聞くの?」

「そう。最後は、捨さんとあなたの問題だから。」

「わたしなら、――」

あたしは、握り締めたコルトを見、天狗様のいる名山の方を見、捨の住んでいたぼろアパートを思い浮かべた。

「閃いた。」

「わたしにも教えてね。」

と、すかさず生水先生が言った。

「南無妙ホウレンソウ！　思い知れ。」

「おかあさんはまじめにあなたに聞いているのよ。そんなのじゃ、吹き出して撃てないわよ。」

「『南無妙法蓮華経』だと、『ん』が成仏してしまうからね。捨を殺した『ん』には、成仏して欲しくない。」

「成仏させない――か。さすがにカリンちゃんだ。」

「南無妙ホウレンソウ。思い知れ。」

あたしは繰り返した。

「だけど、意外といいんじゃない？　『ん』も呆気に取られて。」

と生水先生が言った。

「『ん』が、すべてが冗談だと思って油断したところを、もう一度、『南無妙ホウレンソウ』と唱《とな》えて、ズドンか。」

「わたしと『ん』とは、もう三十年近く会っていない。」

「凶器のピストルは、十五年ほども前におとうさんが入手したもので、しかも未登録。」

「修学旅行の夜のことは、わたしと敦子しか知らない。わたしと捨の関係は、わたししか知らない。」

『ん』がこの世にいなければ、わたしたちが容疑者として浮上することはなさそうね。」

母が言った。

『ん』が、日記にいろんなことを書いていたら、そのときは仕方がない。」

生水先生はこう言い、母と顔を見合わせた。

「残りの弾丸は二発ね。」

母が決然と言った。

「これじゃやっぱり、おかあさんたちは警察に捕まるじゃない。」

不吉な膜が垂れ込め、その向こうに母と生水先生が去って行くように感じた。

「いいえ。絶対に警察には捕まらないの。ピストルの弾が二発残っているから。」

生水先生がこたえ、つづけて、

「キミコ先生とわたしの合言葉は、『天国で逢おう。』なの。」

と言った。

「生水先生と一緒なら、悪者を一匹、この世から抹殺するのだもの、本望だわ。」

こう母は言うと立ち上がった。

そして――。手でピストルのかたちを作り、それを外に向け、

「観念しろ、『ん』。」

と言った。

§

その日、母とあたしはいつもの日曜日より三十分ほど早く起きた。一緒に布団を上げ、カーテンを開けると、まだ外は明け切っていなかった。これから一気に朝の太陽がのぼって来るのだったが、鳥たちはもう騒がしいほどに鳴きはじめていて、きょうという日が晴れることを、かれらは約束してくれていた。食堂から戻ったあたしたちはコーヒーを飲みながら話をした。

「カリン。きょうの夜は、わたしと生水先生は、予約してある××温泉に泊まって、あすの昼に帰って来ます。だから、あすの朝は、一人でやってね。学校でなにがあっても、平然としていてください。あなたは、おとうさんとわたしの子ですからね。きょうのわたしは、電車とバスを使って、早めに○○温泉に行っていましょう。橋の上にわたしが行くのは午後二時。コルトをいつ出すかのタイミングね。生水先生がわたしの名前を言った後、『なぜカリンちゃんのおかあさんがいるか、わかってますね。』と言います。――ここでわたしは考えたの。『ん』はきっと、わたしたちを舐めてかかるから、顔色一つ変えないだろうと。『おまえたちは……、仕組んだな。』くらいは言うかも知れない。でも、侮《あなど》っているから、いつもの悪賢《わるがしこ》さがすがたを消しつつあるのね。このとき、あなたが言っていた、『南無妙ホウレンソウ。』を言いながら、わたしは、後ろに隠し持っていたコルトを出す。距離は一・五《てん》メートルを守ります。『ん』は最初は怪訝そうな顔をして、次にはすべてが冗談だと思って、笑うわ。その笑いも、ドードーの滝を凌駕するほどの大笑いよ。それほど、『南無妙ホウレンソウ。』は意表を衝いているし、面白いもの。ここまで来たら、しめたもの。笑う『ん』の、開いたその口の、喉に通じる真っ暗な闇めがけて、一弾を叩き込んでやる。もし、十センチほど上に銃口が撥ね上がっても、弾は間違いなく、目と目の間を貫通する。――カリン。それでいいでしょ？　二人で死体を持ち上げて、川に投げ込む。三十秒もあれば、オーケー。」

あたしは、母にも殺人が出来ると思った。

母が支援施設を出る少し前、あたしは敦子を誘い、小さな旅に出た。バスに乗り、名山を間近に望む、大河のそばの神社まで行ったのである。ここはとくに神さびていて、湧水が豊かなのだった。大杉が天を衝き、天狗様が大杉の太幹《ふとみき》に腰かけていつも参拝者を見下ろしていると、言われていた。あたしは、奥の祠のところで手を合わせ、母たちの殺人計画が成就するよう祈った。

敦子が、

「なに祈ったの？」

と聞いた。あたしが、

「もうじき起こる、いい事。」

と、こたえると、怪訝そうな顔をした。

「こないだね。カリンを見習って国語の辞書を引いていたら、『遥《はる》か』という字が出て来た。あたし、大人になったら、遥かまで旅したいな。あたしに好きな人が出来て、子供が生まれたら、その人に、『遥《はるか》』っていう名前を提案する。男の子なら、『遥《よう》』でもいい。ここまであたしが、辞書で調べたんだよ！　本気だよ。」

「あっちゃんも作文で賞が取れる！　大丈夫だ。――『遥か』か。『遥か』ねえ。あちしだったら、『遥かなところにいる、おとうさんに会いに行きたい。』ってところかな。」

あたしと敦子はやっぱり親友で、あたしたちは、山々にこだまするくらい大きな声を出して、笑った。

支援施設に戻って夕方になった。不思議なくらい、母たちのことが気にならなかった。出来事だけが淡々と進んでいると信じていた。食堂でみんなと夕食を食べながらテレビを見ていると、速報用のテロップが流れた。

――「中学教師が殺人を自供。○○温泉署管内で交通事故起こす」とあった。具体的なことが、一報なので報じられていなかったから、敦子を含めみんなが関心を持たなかった。あたしだけが食堂から出た。

あたしは部屋に戻って、タンスの一番上の抽斗《ひきだし》に入っている、母とあたしの共用の箱を取り出した。このなかには小銭やキーやハンコなどが入れられていた。連絡したいことがあれば、メモも入れておくのである。

箱を開けると、「カリンへ」と書かれた封筒が入っていた。封筒からは、コルトの弾丸が三発出て来た。

――なに?

なかに手紙もあった。母らしい、男勝りの、流れるような文字が走っていた。あたしはその手紙を、手の平に弾丸を載せながら読んだ。

――カリンちゃん。さっきはああ言いましたが、これはほんとうの話で、信じて欲しいのだけれど、けさ、おとうさんが夢枕に立ったの。なんて言ったと思う? 「おかあさんとカリンが、いつまでも一緒にいることを願う。」だって……。それだけ言って消えたの。「なんできょうなの?」「完全犯罪は失敗するってこと?」――いろいろ考えたけど、「一緒にいろ。」しか言わないのだもの、考えても仕方がない。で、さっきまで夢枕でのことを無視するつもりでいました。でもねえ——小旅行に出るあなたと、とくにあっちゃんの背中を見ていたら、あなた方を守ってあげる人間がいないとダメだって、感じました。それで、——時間がないので結論を言えば、ズドンとやれないのは残念だけれど、「ん」みたいな男のために、みんなが大事な一生をメチャメチャにされるのはバカらしいので、話を元に戻します。——まずは自首をすすめ、「ん」が聞かなければ、その足で警察に届けます。生水先生もきっと賛成してくれることでしょう。空のコルトは途中で捨てます。弾丸は、夢枕に立ったおとうさんの、たった一つの形見として、大事に残しておきましょう。
ではまたあした。

と書いてあった。

帰って来た母の話では、生水先生が橋の上で母の名前を告げた途端、「ん」が逃げたのだそうである。翌日の朝刊によれば、「ん」は〇〇温泉へ一人でドライブに行き、その帰りに交通人身事故を起こしたのだった。取り乱す様子がふつうでなかったため、最初は酒酔い運転を疑って追及すると、「ん」の方から捨の殺人を話しはじめたとのことだった。母は、「カリンの母のわたしと、下心を持って近付いた生水先生とが、一緒にいたことに大きなショックを受けたんじゃない？　観念したのよ。『ん』という教師は、人として失格した教師だったのね。」と話してくれた。

§

敦子は、捨が殺されていたことを知って、あたしにこころから同情してくれた。修学旅行での、露天風呂での「ん」との夜のことは、もう忘れている風だった。あたしも、あの日のことを敦子に聞くことは、永久にないだろう。

捨！　君はもういない。遥かまで、存分に、自由に、いきいきと、軽々と、相手があたしでない女の子でもいい、べちゃべちゃ楽しそうにしゃべりながら、旅してくれ！

あたしのいまの夢は、日々眺めてばかりいるパラグライダーに乗ることである。インストラクターと一緒の場合の料金は一回一万八千円。高い！　しかし、母の手伝いをたくさんして、小遣いを貯め、「日本海に向かって翔べ！」を胸のなかで叫びながら、北陸の山河を飛翔したい。そのときは、捨のぼろアパートも墓標のように見えて、あちしの眼球を、なみだでけむらせるだろう。

越村清良　こしむら・きよら

1951年、石川県金沢市生まれ。本名、越村隆二。元新聞記者。元「俳句朝日」編集長。俳号、越村藏・立花藏。第２回石川啄木賞（俳句部門）を受賞（立花藏、2010年・北溟社主催）。句集に『岩枕』（越村藏、2005年・角川書店）。

◎現住所
〒167－0041　東京都杉並区善福寺4－15－4

教師「ん」とカリン

2017年１月25日　初版発行

著　者　越村清良

発行者　齋藤愼爾

発行所　深夜叢書社
郵便番号134－0087
東京都江戸川区清新町1－1－34－601
Mail : info@shinyasosho.com

印刷・製本　株式会社東京印書館

ISBN978-4-88032-436-4 C0093